Deseo

SUCEDIÓ EN LA PLAYA

HEIDI RICE

Editado por Harlequin Ibérica.
Una división de HarperCollins Ibérica, S.A.
Núñez de Balboa, 56
28001 Madrid

© 2014 Heidi Rice
© 2015 Harlequin Ibérica, una división de HarperCollins Ibérica, S.A.
Sucedió en la playa, n.º 2058 - 2.9.15
Título original: Beach Bar Baby
Publicada originalmente por Mills & Boon®, Ltd., Londres.

Todos los derechos están reservados incluidos los de reproducción, total
o parcial. Esta edición ha sido publicada con autorización de Harlequin
Books S.A.
Esta es una obra de ficción. Nombres, caracteres, lugares, y situaciones
son producto de la imaginación del autor o son utilizados ficticiamente,
y cualquier parecido con personas, vivas o muertas, establecimientos
de negocios (comerciales), hechos o situaciones son pura coincidencia.
® Harlequin, Harlequin Deseo y logotipo Harlequin son marcas
registradas propiedad de Harlequin Enterprises Limited.
® y ™ son marcas registradas por Harlequin Enterprises Limited y sus
filiales, utilizadas con licencia. Las marcas que lleven ® están
registradas en la Oficina Española de Patentes y Marcas y en otros
países.
Imagen de cubierta utilizada con permiso de Harlequin Enterprises
Limited. Todos los derechos están reservados.

I.S.B.N.: 978-84-687-6625-6
Depósito legal: M-19549-2015
Impresión en CPI (Barcelona)
Fecha impresion para Argentina: 29.2.16
Distribuidor exclusivo para España: LOGISTA
Distribuidor para México: CODIPLYRSA
Distribuidores para Argentina: Interior, DGP, S.A. Alvarado 2118.
Cap. Fed./Buenos Aires y Gran Buenos Aires, VACCARO HNOS.

Capítulo Uno

«La próxima vez que reserves las vacaciones de tu vida, no escojas el destino de todas las parejas, idiota».

Ella Radley se acomodó la mochila y puso una mueca. Había pasado todo el día recluida en una lujosa habitación con vistas al mar del Paradiso Cove Resort de Las Bermudas, también conocido como Canoodle Central, la piel aún le escocía.

Suspiró. Las quemaduras de tercer grado también le recordaban que estaba soltera. Todo le recordaba que estaba soltera. Contempló la cola de seis parejas que tenía delante en el muelle Royal Naval Dockyards, en Ireland Island. Todos esperaban para subir a bordo de la lancha y estaban en distintas fases de intensidad amorosa. La página web de la empresa de buceo les había prometido que sería «la expedición de sus vidas».

Desafortunadamente, había reservado la visita una semana antes, antes de verse cortejada por una sucesión de hombres casados y de chicos pubescentes, antes de que el sol más inclemente le quemara toda la piel de los hombros. La posibilidad de vivir la «experiencia de su vida» había quedado, por tanto, descartada.

Ruby, su mejor amiga, le había dicho una vez que era demasiado romántica y dulce. Pero eso lo tenía superado. El paraíso y todos sus encantos podían irse al infierno. Ella prefería hacer *cupcakes* en la acogedora cocina de la pastelería Touch of Frosting, situada en el norte de Londres. Prefería reírse de la pesadilla en la que se habían convertido sus vacaciones de ensueño. Eso era mucho mejor que hacer cola para ir a bucear y terminar con el estómago revuelto.

«Deja de quejarte».

Ella miró al otro lado de la bahía. Trató de encontrar algo que la hiciera recuperar esa perspectiva positiva que siempre la había caracterizado. Yates, lanchas, un enorme crucero… El agua estaba tan azul que casi le dolían los ojos de tanto mirarla. Recordaba la arena rosada que había visto durante el viaje, las palmeras exuberantes, los bungalows que parecían sacados de un folleto turístico.

Solo le quedaba un día más para disfrutar de la deslumbrante belleza de esa isla paraíso. A lo mejor reservar esas vacaciones no había sido la cosa más inteligente que había hecho en toda su vida, pero necesitaba distraerse. El cosquilleo del pánico le recorrió la piel. Ese nudo en el estómago ya le resultaba tan familiar… Se tocó el vientre por encima del fino algodón del vestido y la sensación acabó desvaneciéndose. Necesitaba ese viaje. Necesitaba salir de su habitación antes de que el miedo se apoderara de ella, antes de que terminara haciéndose adicta a los culebrones.

La cola avanzó un poco. Un hombre alto llamó su atención. Llevaba unos viejos pantalones cortos, una camiseta negra con el logo de la empresa y escondía el rostro debajo de una gorra. Ella contuvo la respiración y cerró los ojos para no verse deslumbrada por el resplandor del agua. Tenía que ser el capitán Sonny Mangold, el mismo que aparecía en la web. Para andar cerca de los sesenta estaba en muy buena forma. No podía verle el cabello a esa distancia, pero debía ser de color blanco…

El capitán Sonny comenzó a darles la bienvenida a todas las parejas a medida que subían a bordo. Su marcado acento americano llegaba hasta ella a través del aire húmedo y espeso. No era capaz de oír lo que decía, pero algo la inquietó. La pareja que tenía justo delante le impedía ver con claridad lo que ocurría. Cuando el capitán les ayudó a subir al barco, Ella dio un paso adelante. Se fijó en sus anchas espaldas y en sus piernas musculosas. Mechones de color rubio le sobresalían por debajo de la gorra; y una fina barba de un día le cubría la mandíbula, cuadrada y masculina. De repente él levantó la vista.

«Dios mío. Es impresionante. Y tendrá unos treinta y pocos».

–Usted no es el capitán Sonny.

–Capitán Cooper Delaney, a su servicio.

Unos ojos de color verde jade la miraron durante una fracción de segundo.

–Y usted debe de ser… la señorita Radley –dijo, mirando la lista que tenía en las manos.

Un segundo después le tendió una mano fuerte y bronceada.

—Bienvenida a bordo del *Jezebel*, señorita Radley. ¿Hoy viaja sola?

—Sí —dijo Ella, tosiendo de repente. Un calor repentino se apoderó de ella.

«¿Pero qué me pasa? ¿Se habrá dado cuenta?».

—¿Hay algún problema? —le preguntó, y entonces se dio cuenta de que era como si le estuviera pidiendo permiso.

—No. Claro que no —sus labios hicieron un gesto que no llegó a ser una sonrisa—. Siempre y cuando no tenga inconveniente en tenerme de compañero de buceo.

Ella sintió que le apretaba los dedos al ayudarla a subir al barco. Pudo sentir las durezas que tenía en la palma de la mano.

—No dejamos que los clientes buceen solos. No es seguro.

—Ningún problema.

Aunque acabara de conocerle, Ella sabía que no había nada seguro con el capitán Cooper Delaney. Sin embargo, el inofensivo peligro le resultaba de lo más emocionante.

—¿Qué tal si se sienta delante conmigo?

No parecía una pregunta, pero Ella asintió.

Cooper Delaney le dio una palmadita en la espalda, justo por debajo de la quemadura, y la guio hasta uno de los asientos de la cabina del barco.

—Siéntese ahí, señorita Radley —se tocó la visera y dio media vuelta para dirigirse a los otros pasajeros.

Ella le escuchó mientras se presentaba a sí mismo y a los dos jóvenes tripulantes que le acompañaban. El viaje duraba veinticinco minutos y visitarían una zona de buceo llamada Western Blue Cut. Allí estaba el pecio que iban a explorar.

Él se sentó a su lado. Bajó la palanca del cambio de marchas, apretó un botón y el motor se puso en marcha. La miró de reojo un instante y entonces se puso las gafas de sol.

Ella sintió el rubor en las mejillas nuevamente.

El barco comenzó a moverse y pasó por delante de los demás botes que estaban amarrados en el puerto. En cuestión de segundos estaban en alta mar, navegando rumbo al arrecife.

Él esbozó una sonrisa cómplice.

—Agárrese bien, señorita. No quiero perder a mi compañera de buceo antes de llegar.

Los labios de Ella formaron la primera sonrisa auténtica que era capaz de esbozar en muchos meses.

Después de todo, a lo mejor no había sido tan mala idea ir sola de vacaciones.

—Bueno, cielo, ya veo que has llamado la atención de Coop.

Ella se ruborizó al oír el comentario de la señora que estaba parada a su lado frente a la barandilla del barco. Tendría unos cincuenta y pocos años y tenía algo de sobrepeso. Llevaba unos pantalones cortos de color rosa y una camiseta en la que se podía leer: «Encontré a mi corazón en Horseshoe Bay».

Habían llegado a su destino diez minutos antes y estaban esperando a que el capitán y la tripulación distribuyeran el equipo de buceo.

–¿Conoce al capitán?

–Conocemos a Coop desde hace más de diez años –dijo la mujer con acento del oeste–. Bill y yo venimos a St. George todos los años desde nuestra luna de miel en 1992. Y nunca nos perdemos la excursión del *Jezebel*. Coop era uno de los mozos de Sonny, pero ya es capitán desde hace mucho –la mujer extendió una mano–. Me llamo May Preston.

–Ella Radley. Encantada de conocerla –Ella le estrechó la mano.

El gesto amable de la señora resultaba reconfortante.

Había visto a May en el complejo del hotel, y también a su marido, Bill. Era uno de los pocos casados de Paradiso Cove a los que no se les iba la mirada.

–Eres un encanto, y con ese acento tan dulce… –May ladeó la cabeza y la miró de arriba abajo. Los turistas americanos eran los únicos que eran capaces de hacer eso sin parecer maleducados–. Tengo que decir que siempre me he preguntado cuál era el tipo de Coop, pero tú eres toda una sorpresa.

–Yo no diría que soy su tipo. Simplemente es que soy la única mujer que está sola. Él solo trata de ser amable y de hacer su trabajo.

May dejó escapar una risotada.

–No te creas, cielo. Coop no es muy amable que digamos. Y suele pasar casi todo el tiempo quitándose de encima a las pasajeras.

–Seguro que se equivoca en eso –Ella sintió que el corazón se le aceleraba.

–A lo mejor. Pero esta es la primera vez que oigo hablar de la norma de seguridad de la excursión de buceo, y llevo veinte años viniendo.

Ella esperó su turno pacientemente. El capitán y sus marineros ayudaron a todos los buceadores a echarse al agua. Cooper Delaney daba la impresión de ser todo un profesional mientras ajustaba aletas y máscaras y daba instrucciones acerca de cuánto podían alejarse del barco. Les informaba de cuánto tiempo tenían antes de tener que volver y les explicaba cómo diferenciar la rueda a pedales del barco que habían ido a ver.

De pronto se dio la vuelta y se quitó las gafas de sol. Esa sonrisa seductora que ya le resultaba tan familiar la hizo sonrojarse de nuevo, tanto que tuvo que abanicarse con la pamela.

Él cruzó la cubierta y se dirigió hacia ella. Su mirada de color verde esmeralda deslumbraba más que el agua cristalina.

–Bueno, señorita Radley. Quédese en traje de baño y le pongo todo el equipo para que podamos salir.

Se inclinó contra la consola. Su mano fuerte y grande estaba demasiado cerca.

Ella respiró profundamente.

–¿Es necesario?

–Me temo que sí. La sal del agua le va a estropear ese precioso vestido que lleva. Espero que no haya olvidado el traje de baño –añadió, esbozando una sonrisa.

–No. Me refería a que vayamos a bucear los dos –Ella sintió que los pezones se le endurecían justo cuando él bajaba la vista–. ¿Es necesario?

Él levantó una ceja. La sonrisa seguía en su sitio.

–May Preston me ha dicho que jamás había oído hablar de esa norma –las palabras se le escaparon antes de que pudiera hacer algo al respecto–. Ya sabe… Eso de que es obligatorio bucear en pareja, por seguridad –Ella notó que empezaba a tartamudear–. Sé que es importante cuando se hace *scuba-diving*, aunque yo nunca lo he hecho… –se detuvo al ver que la sonrisa de Cooper Delaney se hacía aún más grande–. Solo… me preguntaba si es absolutamente necesario, aunque solo vaya a estar a unos metros del barco.

–Muy bien.

Él masculló algo entre dientes y entonces se quitó la gorra. Tenía el pelo húmedo por el sudor y aplastado contra la frente.

–Lo que puedo decir es que… –se dio un golpecito en el muslo con la gorra–. May Preston tiene la boca muy grande, y por eso voy a hablar con ella en cuanto vuelva a subir a este barco.

–¿Es cierto? –Ella abrió los ojos–. ¿Te lo has inventado de verdad? ¿Pero por qué? –le preguntó Ella, tuteándole sin reparo. Las circunstancias lo exigían.

Cooper Delaney vio cómo se abrían los ojos azules de la preciosa joven inglesa y se preguntó si le estaba tomando el pelo.

Tímida, guapa y absolutamente perdida, Ella Radley le había parecido triste y linda cuando la había visto en la parte de atrás de la cola. Se había sonrojado en cuanto le había dedicado una sonrisa y eso le había cautivado por completo.

Ese rubor era tan sutil que se había quedado embelesado durante unos segundos y la norma del buceo en parejas se le había ocurrido de repente.

¿Pero cómo era posible que no supiera lo hermosa que era, lo encantadora que era? Tenía los ojos tan grandes que casi podría haber sido la heroína de uno de esos libros de manga a los que era adicto en el instituto. Y los pezones se le dibujaban bajo el tejido del vestido cada vez que la miraba. No podía ser verdad. Tenía que ser una farsa.

Pero si era una farsa, entonces era una buena actriz, y eso merecía todo su respeto, porque él también había pasado media vida haciendo obras de teatro.

Se dispuso a recibir el castigo como un hombre y cruzó los dedos para no recibir una bofetada.

–Si te dijera que lo dije porque me pareció que no te vendría mal algo de compañía, ¿me creerías?

El rubor se apoderó de sus mejillas de inmediato, iluminando las pecas que tenía en la nariz.

–Oh, sí. Claro. Ya me imaginé que sería algo así –Ella se tapó los ojos con la mano y levantó la barbilla–. Todo un detalle, capitán Delaney. Pero no querría ser una molestia, teniendo en cuenta que estás muy ocupado. Me las arreglaré bien sola.

Cooper abrió los ojos, estupefacto. Era la primera vez que alguien le decía que era una persona considerada. Ni siquiera su madre se lo había dicho nunca, a pesar de lo mucho que se había esforzado por engañarla cuando estaba tan débil.

–Llámame Coop –le dijo. No estaba muy convencido de haberse librado todavía, pero decidió seguir adelante–. Créeme. Estaría encantado.

Trató de imitar la expresión de la joven inglesa, esa expresión que decía que hablaba completamente en serio. Lo intentó con todas sus fuerzas, pero al final se dio cuenta de que era una causa perdida. De niño había aprendido a esconder todas sus emociones detrás de esa sonrisa indiferente, así que no tenía mucha experiencia en lo referente a hablar en serio.

Ella esbozó una sonrisa.

–Muy bien. Si estás seguro de que no será una molestia para ti… Vamos.

La sonrisa de Ella Radley le dejó sin aliento durante unos segundos, y entonces se sacó el vestido por la cabeza.

Coop estuvo a punto de perder el equilibrio. Tenía unas curvas generosas y todo estaba en su sitio. La única tela que le cubría el cuerpo consistía en tres diminutos triángulos de licra de color morado que no dejaban mucho margen para la imaginación.

De repente se volvió y se guardó el vestido en el bolso que había dejado debajo del panel de mandos. Coop reparó en sus hombros quemados por el sol. Tenía una marca enorme que le bajaba por la espalda casi hasta la línea del biquini.

–Oh, eso tiene que doler. Necesitas un protector solar de alta cobertura. Los rayos solares son infernales en Las Bermudas, incluso en abril.

–Tengo un factor cincuenta, pero no conseguí.

Coop se frotó la fina barba de un día que le cubría la mandíbula.

–Bueno, creo que en eso puede ayudarte tu compañero de buceo.

Ella esbozó una sonrisa de agradecimiento y Coop casi llegó a sentirse culpable por aprovecharse de ella.

–Eso sería estupendo, si no te importa –sacó un bote de crema del bolso.

Se puso de espaldas y se levantó el cabello. Coop tomó un poco de loción en las manos. Parecía pintura acrílica.

Iba a disfrutar mucho extendiéndosela por la piel.

Si hubiera sabido que el papel del buen samaritano conllevaba esa clase de beneficios, lo hubiera puesto en práctica más a menudo.

Capítulo Dos

Ella reprimió un gemido al sentir las manos endurecidas del capitán en los hombros. Sus dedos encallecidos la tocaban por debajo del nudo del biquini. Un cosquilleo inesperado se le propagó por la columna vertebral cuando sintió los pulgares que le presionaban los tensos músculos, descendiendo cada vez más. Se mordió el labio. No podía dejar escapar los sonidos que pugnaban por salir de su boca.

–Muy bien. Me estoy acercando a la zona roja.

Ella notó su aliento cálido sobre la nuca y entonces sus manos desaparecieron. Estaba sacando más crema del bote.

–Tendré mucho cuidado, pero dime si te hago daño.

Ella asintió. Si intentaba decir algo más probablemente se delataría.

–Muy bien. Ahí va.

Una presión ligera sobre la espalda la hizo relajarse poco a poco a medida que él le frotaba la quemadura con las palmas de las manos. Ella se estremeció. Nada podía compararse a la horda de sensaciones que se le propagaba sin control por todo el cuerpo en ese momento.

–¿Estás bien?

La presión cesó. Las palmas de sus manos apenas la tocaban.

–Sí. Claro. No pares –Ella cambió de posición y se apretó contra las palmas de sus manos–. Es… muy bueno –logró decir por fin.

Un tímido gemido se le escapó de los labios cuando él comenzó a masajearla con más firmeza. Hundía los pulgares en los huecos de su columna vertebral, dejando un rastro de poros erizados a su paso.

Era fabuloso sentir de nuevo las caricias de unas manos masculinas. Ya ni siquiera recordaba la última vez que las había sentido. Cerró los ojos y se estiró bajo sus manos.

–Ya está –dijo él de repente, rompiendo el momento.

Ella abrió los ojos demasiado rápido y perdió el equilibrio. Él la agarró de la cadera y la hizo mantenerse en su sitio.

–Cuidado –le dijo él en un tono un tanto burlón que la hizo ruborizarse de nuevo.

¿Habría oído ese pequeño gemido que se le había escapado de los labios? ¿Acaso se había dado cuenta de que había estado a punto de tener un orgasmo?

De repente sintió una gran vergüenza. Esa noche abriría el vibrador que Ruby le había regalado para el viaje y lo probaría en su habitación. Se había equivocado al pensar que podía vivir sin sexo y no podía sino reconocer que Ruby era más práctica.

–Creo que así no te volverás a cocer.

El comentario, brusco, irrumpió entre sus pensamientos. La cara se le puso como un tomate.

Hizo un gran esfuerzo por esbozar una sonrisa mínimamente cordial y agradecida.

–Te lo agradezco.

Él le puso la tapa al bote de crema solar. Sus dedos aceitosos brillaban bajo el sol.

–Ahí tienes –le devolvió el recipiente de plástico.

Ella tardó unos segundos en meter el bote en la mochila. Al final, por suerte, las manos dejaron de temblarle.

–Gracias. Ha sido… –trató de encontrar las palabras adecuadas.

–De nada.

Había un toque de burla en su mirada.

–Bueno, ¿estamos listos entonces?

–A menos que necesites que te devuelva el favor… –Ella se atragantó con las palabras–. Me refiero al protector solar, para que no te quemes.

La sugerencia se quedó flotando en el aire. El capitán Delaney arqueó las cejas ligeramente y sus labios esbozaron una de esas sonrisas sensuales y secretas que le habían acelerado el corazón más de una vez esa mañana.

–Olvídalo. Ha sido una tontería. No sé por qué lo he dicho.

La piel bronceada del capitán Delaney no necesitaba loción alguna. Seguramente lucía ese tono dorado saludable durante todo el año.

–Seguro que no tienes que echarte protección. A lo mejor deberíamos…

–Es buena idea.

La respuesta concisa del capitán cortó de raíz el tartamudeo que acababa de sobrevenirle.

–¿Ah, sí?

–Sí. Con la crema solar nunca es suficiente, ¿no es así?

¿Acaso se estaba burlando de ella?

–Eh, muy bien. Sacaré la crema entonces.

Ella logró pescar de nuevo el bote de crema dentro de la mochila. Cuando se volvió hacia él Cooper Delaney se estaba quitando la camiseta por la cabeza. Toda la sangre huyó de su cerebro de repente. Se quedó allí de pie, clavada al suelo como la Estatua de la Libertad, asiendo el bote de crema.

«Oh, Dios mío. Su pecho es una obra de arte».

Un fino vello aclarado por el sol le cubría los pezones masculinos y sus pectorales estaban perfectamente definidos. Ella siguió el rastro que bajaba entre los dos músculos de su pecho y entonces tragó en seco al darse cuenta de que la delgada línea de vello se perdía por dentro de la cintura de sus pantalones cortos.

–Gracias, cielo. Te lo agradezco –dijo él, dándose la vuelta.

Sus palabras la hicieron volver a la tierra. Tenía un tatuaje de una cruz celta al final de la espalda. El borde de la figura sobresalía por encima de la cintura de sus pantalones.

Ella se aclaró la garganta. Corría el riesgo de atragantarse.

—¿El factor cincuenta está bien?

—Lo que tengas me vale.

Ella se echó un poco de crema en las manos. Respiró profundamente y puso las palmas en la superficie caliente y lisa de su espalda. Sus músculos se tensaron a medida que le extendía la crema por la piel. El calor que desprendía disolvía la loción con facilidad.

Ella notó una humedad repentina en la entrepierna. Era como si se hubiera hinchado de repente. Mientras le untaba la crema, masajeándole los músculos, trató de sincronizar su propia respiración con el incesante latido del tímpano de uno de sus oídos. Tenía miedo de empezar a hiperventilar en cualquier momento, y no quería desmayarse antes de terminar el trabajo.

Cooper tocó a Ella en el brazo y señaló en dirección a un pez azul que acababa de salir de uno de los arrecifes de coral próximos al barco. Ella abrió los ojos y esbozó una sonrisa. Mientras admiraba el intenso color aguamarina de las escamas de los peces, Cooper aprovechó para observarla sin tener que disimular. Había auténtica emoción en sus ojos, y sus pechos parecían estar a punto de desbordarse del traje de baño.

Sintió un cosquilleo en la bragueta. Se la imaginó jadeando mientras acariciaba su piel firme.

Cooper se ajustó el equipo. Por suerte tenía los pantalones empapados y al menos así conseguía disimular un poco. Llevaban más de media hora en el arrecife y había logrado mantener el control durante la mayor parte del tiempo, pero esa sonrisa tímida que esbozaba cada vez que le enseñaba una nueva especie de peces o algún resto del *Montana* era tan cautivadora como el roce de sus dedos sobre la piel.

Ella Radley le estaba volviendo loco, tanto que estaba a punto de romper la regla de oro de no tener nada con jóvenes turistas solas. Cuando ella señaló un banco de peces loro que pasaba en ese momento, recordó por qué se había inventado la norma.

Las jóvenes turistas que se iban solas de vacaciones entraban dentro de dos categorías: algunas buscaban algo sin compromisos, y otras querían vivir un romance exótico en una isla. Como los dos escenarios posibles siempre conllevaban muchísimo sexo, diez años antes, a su llegada a la isla, había tenido muchas citas con clientas, pero por aquel entonces tenía dieciocho años y tenía una espina clavada del tamaño de un bosque entero. Estaba sin dinero y no tenía ningún futuro.

Durante todos esos años se había matado a trabajar para dejar atrás a ese chico malo. Había montado una franquicia de buceo, el negocio le iba muy bien, y ya no necesitaba buscar aceptación por medio del sexo esporádico.

Las turistas solteras, por tanto, llevaban mucho

tiempo fuera de su radar, a menos que tuviera la certeza de que no buscaban nada más que una sola noche de diversión. Normalmente era fácil averiguar eso. De hecho, se había hecho todo un experto, pero Ella Radley no parecía encajar en ninguna de las dos categorías.

Para empezar, no se le había insinuado claramente, a pesar de la química que existía entre ellos, y aún no había conseguido averiguar si esa extraña mezcla de entusiasmo, extravagancia y diáfana necesidad era teatro o pura realidad.

Desafortunadamente, se estaba quedando sin tiempo para llegar a una conclusión. Sonny tenía dos visitas más después de esa. El capitán tenía una artritis galopante y se había ofrecido a sustituirle en ambas. Se lo debía. El viejo marinero le había dado trabajo en el *Jez* cuando tenía dieciocho años y estaba sin un penique. Había pasado varios días durmiendo en el muelle, y hubiera vendido su alma por una hamburguesa y unas patatas fritas.

Aquella tarde lo había hecho casi todo mal. El hambre y la debilidad le habían pasado factura y tampoco sabía nada de barcos entonces. Sin embargo, por primera vez desde la muerte de su madre, se había sentido seguro. Había sentido que valía algo. Sonny le había dado esperanza y por ello tenía una gran deuda con él.

Tenía que tomar una decisión respecto a Ella Radley antes de regresar al muelle. ¿Debía arriesgarse a invitarla a salir esa noche, sin saber muy bien a qué atenerse?

Ella nadó hacia él. Los ojos le brillaban.

Coop levantó el pulgar y entonces señaló el barco. El tiempo se había agotado diez minutos antes. Todos debían de estar de vuelta en la cubierta, listos para regresar a tierra. No disponía de mucho tiempo para decidirse.

Ella nadaba delante de él. Su trasero generoso le reclamaba cada vez que aleteaba. Cooper se dio cuenta de que ya se había decidido. Su cerebro había dejado de tomar decisiones unos cuarenta minutos antes, cuando esas manos suaves le habían acariciado la espalda y se habían detenido poco antes de llegar a su trasero. Y la había oído suspirar...

Ella se aferró a la barandilla al sentir el golpe del barco contra el muelle. Su compañero de buceo le dedicó una de sus sonrisas «sello de la casa». Le puso la palma de la mano sobre la rodilla y se la apretó un instante.

—Espera un momento mientras ayudo a la gente a bajar del barco.

Su tono de voz, grave y confidencial, disparó los latidos del corazón de Ella.

«No te dejes llevar. Ha sido una mañana estupenda, pero todo ha terminado ahora».

La expedición de buceo y la absoluta exuberancia del arrecife de coral habían estado a la altura de las expectativas, pero habían sido las atenciones constantes del capitán Delaney, además de su cautivadora sonrisa y su cuerpo glorioso, las que habían convertido el viaje en una experiencia única. Él la había hecho sentir especial, lo cual significaba que debía tener cuidado para no sacar las cosas de contexto. Esperó con paciencia mientras le veía despedirse de May Preston y su esposo. Ella era la siguiente.

May la saludó con un gesto y entonces, para sorpresa de Ella, le guiñó un ojo al capitán al tiempo que le entregaba un pequeño fajo de billetes. Él aceptó el dinero y se tocó la gorra en agradecimiento.

«Una propina…».

Ella sintió que una repentina vergüenza teñía de rosa sus mejillas. Podía darle una propina. Esa era la mejor forma de agradecerle todas sus atenciones. Agarró la mochila, sacó el bolso y trató de decidir cuál era la cifra correcta. El pánico se apoderaba de ella por momentos. ¿Era suficiente con veinte dólares? ¿Treinta dólares? No. Lo mejor era darle cuarenta. Contó el dinero rápidamente, esperando no equivocarse. Quería ser generosa, aunque supiera que eso no era suficiente para pagarle lo que había hecho por ella.

Durante un par de horas maravillosas se había olvidado de todos sus problemas y volvía a sentirse como una mujer, completa y absolutamente normal.

Se colgó la mochila del hombro y se le acercó con los billetes en la mano. ¿Cómo iba a dárselo sin sonrojarse hasta la médula?

Él se volvió justo a tiempo. Esa sonrisa le aceleraba el pulso sin remedio. Su mirada la recorrió de arriba abajo durante una fracción de segundo.

–Hola. Pensaba que te había dicho que me esperaras un momento.

Ella contrajo los labios para contener el temblor. No era capaz de devolverle la sonrisa.

–No te molesto más.

–No me molestas –le sujetó el mechón de pelo que se le había escapado de la coleta detrás de la oreja–. Pero hoy tengo dos visitas más. ¿Qué tal si nos vemos luego? Estaré en un bar de la parte sur de Half-Moon Cove, a partir de las siete…

La sangre le retumbaba en las orejas a Ella, así que apenas oía lo que le decía.

–¿Qué dices? ¿Quieres que nos veamos luego?

Ella asintió. Un momento después sintió el roce de sus nudillos en la mejilla.

Aterrorizada por las emociones que la embargaban, se apartó del tacto de sus manos. Era el momento de salir huyendo.

Le dio los billetes.

–Lo he pasado muy bien. La visita ha sido increíble. Muchas gracias.

–Eh, espero que sea suficiente.

¿Acaso se había equivocado? ¿Era muy poco?

–Quiero darte las gracias como es debido, por todas las molestias que te has tomado.

Ella vio cómo se le tensaba un músculo de la mandíbula. De repente tuvo la sensación de haberle ofendido.

–Muy bien –aceptó los billetes y los contó–. Cuarenta dólares. Muy generosa.

Ella creyó percibir cierto toque de sarcasmo, pero quiso pensar que se había equivocado al ver que se tocaba la gorra y se guardaba los billetes en el bolsillo de atrás del pantalón.

–Gracias –por primera vez pareció que le costaba sonreír–. Nos vemos, señorita Radley.

A Ella se le cayó el corazón a los pies al oír ese tono formal, esa expresión distante…

¿Acaso había imaginado esa invitación al bar?

Ella se quedó allí de pie, sin saber qué hacer. El momento se prolongó de manera insoportable. Él continuaba observándola. Su expresión era remota, hermética.

–Supongo que debería ponerme en marcha –le dijo ella finalmente.

«Bájate del barco. Seguro que él tiene un montón de cosas que hacer».

–Bueno, gracias de nuevo. Ha sido un placer conocerte. Adiós.

–Sí, claro –él no le devolvió el saludo con la mano.

Sus palabras sonaban secas, inesperadas.

Ella bajó a toda prisa al muelle. No quería mirar atrás.

Capítulo Tres

Ella sujetó la columna de plástico y apretó el interruptor. Al sentir el sonido sibilante, sin embargo, gritó y lo dejó caer. Apretó de nuevo el interruptor y guardó el vibrador en su caja.

Probar el juguete sexual le había parecido una buena idea cuando estaba con Cooper, pero después de esa despedida tan extraña ya no tenía tantas ganas de descubrir las delicias de la estimulación artificial.

El teléfono sonó de repente, sacándola de su ensimismamiento. Descolgó y se encontró con la voz de su mejor amiga.

—Ella, hola. ¿Qué tal va todo en el paraíso?

Ella sonrió, contenta de oír la voz de Ruby.

—Ruby, me alegro tanto de que me hayas llamado —asió el teléfono con fuerza.

Aunque la expedición de buceo hubiera resultado interesante, ya estaba deseando irse a casa.

—¿Todo va bien? Pareces un poco agitada.

—No. Nada va bien. No me va esto del paraíso.

Ruby se rio.

—Ajá. Entonces es que todavía no has conocido a ningún guaperas con bermudas, ¿no?

—Eh, bueno…

–Has conocido a alguien. ¡Fantástico! La tía Ruby quiere todos los detalles.

–No es nada, de verdad. Solo es un tipo guapo, el capitán del barco que nos llevó al arrecife a bucear esta mañana. Flirteamos un poco. Pero no es mi tipo. Es demasiado sexy.

Ruby soltó el aliento con fuerza.

–¿Es que has empezado a drogarte o algo así? No hay ningún hombre que sea demasiado sexy. ¿Y qué quieres decir con eso de «un poco»? ¿Quiere decir que puede haber algo más?

–Bueno, de alguna forma, me invitó a salir.

–Eso es genial.

–Pero no creo que vaya a seguirle la corriente.

–¿Por qué no? Pensaba que ese era el objetivo principal de este viaje: tener una aventura salvaje, totalmente inapropiada.

–¿Qué? ¿Quién te dijo eso?

–Tú misma. Dijiste que necesitabas escapar un tiempo, repasar tus prioridades. Me dijiste que te habías obsesionado demasiado con encontrar al hombre perfecto, cuando lo que necesitabas en realidad era encontrar a un hombre.

Ella no recordaba haber dicho nada parecido.

Aquel día estaba envuelto en una espesa neblina, sobre todo a partir del punto en el que había ido al médico. La reserva del viaje la había hecho en el último momento. Había hecho la maleta a toda prisa y se había dirigido al aeropuerto a primera hora de la mañana.

–Pensaba que eso era lo que querías decir –dijo

Ruby. Parecía muy confundida–. Pensaba que te ibas a Las Bermudas para ligar.

–No exactamente.

Ella sintió el peso del secreto guardado.

–¿Qué era lo que querías decir entonces? Esto tiene algo que ver con la cita con el médico el día antes de irte. ¿Qué es lo que no me estás contando?

Ella podía oír la impaciencia en la voz de su amiga. Ruby era proclive al drama y seguramente en ese momento ya se estaba imaginando una enfermedad terminal o algo así.

–Sea lo que sea tienes que decírmelo, Ell. Podemos resolverlo juntas. Siempre lo hemos hecho.

–No te preocupes, Rube. No es nada serio.

–Pero tiene algo que ver con el médico.

–Sí.

–¿Y qué es?

–La doctora Patel me hizo algunas pruebas. Tendré los resultados el lunes –Ella soltó el aliento–. Pero teniendo en cuenta el historial de mi madre y el hecho de que no he tenido el periodo en más de tres meses, ella piensa que a lo mejor tengo menopausia prematura.

–Muy bien. Pero solo es una posibilidad, ¿no? No hay nada seguro todavía, ¿no?

Ella sacudió la cabeza.

–Estoy bastante segura.

Había tomado una decisión difícil durante la adolescencia. Siempre había creído que al final la castigarían por ello, y la idea de una menopausia prematura era una posibilidad.

Se tocó el abdomen.

—He dejado correr demasiado el tiempo, Ruby. No voy a poder tener niños.

—Eso no lo sabes, no hasta que tengas los resultados. Y aunque sea menopausia prematura, un par de periodos fuera de fecha no te convierten en una mujer infértil.

Eso lo sabía desde los dieciocho años, desde el momento en el que se había despertado en la clínica sola. Randall se había marchado.

—Supongo que tienes razón —le dijo a Ruby.

—Claro que la tengo. No hagas un drama hasta que tengas las pruebas.

—Sí —dijo Ella, sonriendo. Por primera vez era ella quien necesitaba el consuelo de Ruby, y no al revés.

—Bueno —Ruby soltó el aliento con exasperación—. Quiero saber por qué no me habías contado nada de esto en vez de contarme todas esas tonterías de buscar a un tipo con el que ligar.

—Creo que no dije esa palabra exactamente.

—No me cambies de tema. ¿Por qué no me has dicho esto antes?

Siempre lo habían compartido todo, los enamoramientos, los primeros besos… Incluso le había contado lo de su ruptura con Randall. Ruby, por su parte, siempre había contado con su apoyo a lo largo de esa accidentada relación con el abogado que finalmente había resultado ser su gran amor.

—Es que no pude —la voz se le quebró y una lágrima escapó de sus ojos.

–¿Por qué no?

–Supongo que estaba asustada… –respiró profundamente y se obligó a afrontar la realidad–. Y sentía muchos celos, porque tú tienes una familia maravillosa y tres niños preciosos, y a lo mejor yo nunca tendré ninguno –soltó el aliento–. Me da mucha vergüenza sentir envidia de ti, por todo lo que tienes con Cal y los chicos. Has trabajado duro para tenerlo y te lo mereces.

Ya no pudo contener más las lágrimas.

–No podía soportar que esto se interpusiera entre nosotras.

–Eso es lo más absurdo que te he oído decir.

–¿Por qué?

–Bueno, para empezar, no querrías estar con Cal. Créeme. Es demasiado estirado y mandón. Siempre tiene que tener razón en todo.

–Cal no es así. Es encantador.

–Solo porque me tiene a mí y yo le manejo bien, pero… voy al grano. No quieres tener a mis niños. Quieres tener a los tuyos propios. Y si yo merezco tener a mis pequeños tesoros, aunque esta mañana no me lo parecieran tanto cuando declararon la tercera guerra mundial y comenzaron a pelearse entre ellos, entonces tú también. Vas a ser una madre genial algún día –añadió Ruby, completamente convencida–. Y si es absolutamente necesario, hay muchas formas de conseguirlo.

–¿Cómo?

–Bueno, hay inseminación artificial, reproducción asistida, donantes de esperma, adopción…

—Supongo que tienes razón. No había…

—Pero, sinceramente, creo que nos estamos precipitando. Hay muchos buenos sementales por ahí.

—¿Qué?

—Ella, tu mayor problema no es la posibilidad de una menopausia prematura. Tu peor problema es que todos los tipos con los que has salido desde lo de la universidad eran unos sosos increíbles.

Ella frunció el ceño, recordando a todos esos con los que había salido los diez años anteriores. Su amiga no andaba desencaminada.

—La cosa es, Ella, que yo sé que la química sexual no lo es todo en una relación, y el tonto de Randall es un buen ejemplo de eso.

Ella hizo una mueca al oírla mencionar ese nombre. Llevaban dieciséis años evitando pronunciarlo. Pero ya no le hacía daño oírlo. Simplemente sentía vergüenza. ¿Cómo había podido enamorarse así, tan fácilmente? ¿Cómo había podido confundir un par de orgasmos increíbles con el amor?

—A veces la química viene muy bien, no obstante, y eso nos trae de vuelta al asunto del capitán. Bueno, cuéntamelo de nuevo. ¿Por qué no le tomaste la palabra con lo de la cita?

—Porque no sé muy bien qué quería decir.

—¿Y por qué piensas eso? Cuéntamelo todo.

—Bueno, me preguntó que si me gustaría quedar con él para tomar algo en un bar cuando terminara de trabajar, a las siete. A mí me entró el pánico y entonces tuve que bajarme del barco, porque él estaba ocupado. Todo quedó sin atar y no llegamos a concretar nada.

–¿Y ese bar tiene nombre?

–No, pero creo que… –Ella hizo un esfuerzo por recordar–. Creo que me dijo que se llamaba Half-Moon Cove o algo así. Me dijo que estaba en el lado sur de Half-Moon Cove.

–Estupendo. Es todo lo que necesitamos saber.

–¿Ah, sí?

–Sí. Ahora calla y escucha a la vieja Ruby. El capitán Tío Bueno te invitó a salir. Eso está claro. Lo único que necesitas saber con certeza es el lugar y la hora. Y vas a ir a esa cita.

–¿Pero y si…?

–Sin «peros». Ya es hora de que Ella Radley empiece a salir con un bomboncito que la haga pasar de primera velocidad.

–He pasado de primera en la última década. Pero no creo…

–Ajá. ¿Es que no me escuchaste cuando te dije que no hay «peros» que valgan? –Ruby hizo una pausa–. Y nada de ataques de pánico tampoco. Si sientes que empiezas a hiperventilar porque el capitán Tío Bueno es demasiado, piensa que solo se trata de rodar un coche, de hacer unos kilómetros para probarlo. Tienes que flirtear un poco, Ella, y parece que el capitán es la persona perfecta para eso.

Capítulo Cuatro

—¿Seguro que quiere quedarse aquí, señorita? El Rum Runner no es muy de turistas. Es el bar de la zona, más bien. Puedo llevarla a algún sitio de Hamilton, donde atracan los cruceros. No le cobro ningún extra.

—No, gracias. Aquí está bien, Earl.

Ella bajó del taxi y contempló el destartalado bar que estaba al final de la carretera de la playa, llena de baches. Luces de colores añadían cierto encanto al sitio, que no era más que una estructura de madera apoyada en pilares que se hundían en el agua. El aroma del mar disipaba la nube de humo y sudor que se formaba en la entrada a medida que salían los clientes. La puerta era como las de los salones del oeste. La multitud fumaba y charlaba en el porche y algunas parejas bailaban dentro, más allá de las mesas. La tarima de madera retumbaba bajo sus sandalias.

—¿Seguro que este es el único bar que está al sur de Half-Moon Cove? —le preguntó al taxista al pagarle.

—Ajá. Cove está más adelante.

El taxista señaló una enorme playa que comenzaba más allá de las rocas, al final del terraplén.

Rodeada de palmeras, la cala no dejaba indiferente. Era un lugar increíblemente romántico. La luz de la luna se reflejaba sobre las olas, que acariciaban la orilla.

–Por aquí no hay ningún otro bar –el taxista se sacó una tarjeta del bolsillo–. Llámeme cuando necesite volver. No hay mucho tráfico por aquí.

Ella se despidió del taxista y se dirigió al local. Abriéndose camino entre el grupo que se agolpaba en la entrada, logró entrar en el bar. Se tomaría un par de copas. Si Cooper no aparecía llamaría al taxista y se volvería a casa pronto.

La música que sonaba en ese momento tenía una cadencia suave y agradable, y no podía evitar seguir el ritmo mientras andaba. Al atravesar la zona de las mesas, repletas de gente, no pudo contener la sonrisa. De repente sentía un optimismo que ya casi ni recordaba.

Un grupo de hombres se agolpaba junto a la barra. Al verla pasar, uno de ellos levantó el botellín de cerveza, saludándola en silencio.

–¿Qué va a tomar, señorita? –le preguntó el camarero.

La gruesa capa de sudor que le cubría la piel hacía brillar el tatuaje de una serpiente que tenía en el brazo.

Golpeando el suelo con la punta del pie al ritmo del bajo, Ella leyó los nombres de las bebidas que estaban escritas sobre la pizarra. No reconocía casi ninguna.

–¿Qué me recomienda?

El camarero tenía un marcado acento caribeño.

—Un *rum swizzle*.

—Eso suena genial.

Ella no sabía qué era, pero esa noche se sentía libre. Tenía ganas de flirtear un poco con el capitán Tío Bueno.

El camarero regresó unos minutos después. En las manos llevaba un vaso alto con un líquido de color naranja fosforescente.

Ella bebió un sorbo. El potente sabor del ron, mezclado con el zumo de frutas y el licor, hizo estallar sus papilas gustativas.

—Delicioso. ¿Cuánto es?

—Nada. A la primera siempre invita la casa.

—¿Es el dueño?

El hombre asintió.

—Ese soy yo.

Una avalancha de adrenalina la recorrió por dentro de repente.

«Sobre todo, sé atrevida y toma la iniciativa. Flirtear es mucho más divertido si lo controlas tú».

La voz de Ruby retumbó en su cabeza.

—¿Conoce a Cooper Delaney?

—¿Coop? Claro que sí. ¿Por qué pregunta por él? Ese chico no trae más que problemas.

—¿Cree que vendrá hoy?

—Sí. Vendrá.

—¿Sí? ¿Está seguro?

—Ajá —dijo el camarero, mirándola a los ojos de nuevo.

–Aparta, Henry.

Ella se volvió al oír esa voz que le resultaba tan familiar.

–Maldita sea, Henry, ¿cuántos de esos le has dado?

–Solo uno –dijo el camarero.

–Ah, ¿sí?

Ella parpadeó, sorprendida. Cooper Delaney parecía inquieto, molesto. ¿Acaso se había enfadado por algo?

Cooper dejó un par de billetes sobre la barra. El gesto fue brusco, hosco.

–Lo del ponche. La chica viene conmigo.

Ella no daba crédito a lo que acababa de oír. Entonces no se había imaginado lo de la cita…

–Pero no me he terminado la bebida.

Ella giró sobre sí misma. Trató de asir el vaso de cristal, pero no pudo. Cooper Delaney la agarró de repente y la apartó de la barra.

–Creo que ya has bebido bastante.

–Lo siento, señorita –gritó desde la barra–. Ya le dije que no traía más que problemas.

–No tenías por qué haberme pagado la bebida –le dijo, intentando seguir el ritmo de sus enormes zancadas.

–Henry me dijo que invitaba la casa.

–Sí, claro.

La gente no paraba de saludarle a cada paso que daba.

–Muy bien –de repente la agarró de los brazos y la hizo detenerse–. ¿Qué estás haciendo aquí?

–Yo…

Había cometido un gran error. ¿Cómo se le había ocurrido presentarse en ese bar?

–Si has venido a darme otro portazo en las narices, no te molestes. Capté el mensaje a la primera. Alto y claro.

«¿Portazo? ¿Qué portazo?».

–Debería irme –masculló Ella. Dio un paso adelante, pero él no la dejó ir.

–Oye, espera un momento. No me has contestado a la pregunta.

–¿Es que era una pregunta?

Ya no parecía enfadado, y eso debía de ser bueno.

–No querías que fuera un portazo, ¿no?

Ella se soltó y dio un paso hacia atrás.

–De verdad tengo que irme.

Echó a andar, pero él la agarró de la muñeca.

–Oye, no… No te vayas.

Estaba tan cerca. Olía a agua de mar y a jabón.

–Capitán Delaney, no creo que…

–Llámame Coop.

Ella respiró profundamente. No era capaz de recordar ni uno solo de los consejos de Ruby.

–Escucha, realmente pensaba que me lo habías preguntado, y lo pasé tan bien esta mañana que no quiero estropearlo ahora. De verdad creo que ahora debería irme.

***

«Vino para verte, idiota».

Cooper sintió un calor repentino en el pecho. ¿Por qué se estaba comportando como un imbécil? No sabía qué se había apoderado de él cuando había entrado en el bar y la había visto charlando con Henry. A lo mejor esa reacción tan brusca tenía algo que ver con la frustración sexual que llevaba unos meses experimentando, pero eso tampoco era excusa. Y lo cierto era que lo había manejado todo bien hasta el momento en que ella le había puesto ese fajo de billetes en la mano. Aceptaba propinas todo el tiempo y se las daba a los mozos, tal y como Sonny solía hacer con él. La generosidad de turistas como May Preston y su marido era bien recibida, pero cuando Ella había intentado darle el dinero se había visto en el pasado de repente, de vuelta en el instituto, humillado y pisoteado. Aquella lista interminable de trabajos miserables que había tenido que hacer para mantenerse a flote junto a su madre había salido a la superficie de nuevo. Por aquel entonces se había visto obligado a aceptar las limosnas de gente que despreciaba a su madre a sus espaldas, pero no había tenido más remedio que hacerlo. La vieja espina, sin embargo, aún la tenía clavada, aunque creyera haberlo superado ya.

Cooper se pasó una mano por el cabello y trató de hacer uso de ese encanto que solía tener con las mujeres.

–No puedes volver al hotel ahora. Tienes que bailar una auténtica soca de Las Bermudas conmigo.

–No sé…

Ella miró atrás, hacia el bar. Cooper podía oírla vacilar.

–Sí que sabes. Será divertido –la tomó de la mano, se la llevó a los labios y le dio un beso en los nudillos–. Has venido hasta aquí, y yo me he comportado como un imbécil, así que te lo debo.

–No es necesario –Ella se mordió el labio inferior.

–Claro que sí. Una canción, a modo de disculpa… Eso es todo lo que pido.

La tímida sonrisa que esbozó fue suficiente. Le había perdonado.

–Muy bien. No veo qué daño me puede hacer un baile.

–Estupendo –la agarró de la cintura y la guio de vuelta al local.

–A lo mejor me da sed –gritó Ella por encima del estruendo del bajo y la batería–. A lo mejor debería ir a buscar mi bebida.

–Primero sudemos un poco –le dijo él, agarrándola de las caderas y conduciéndola hacia la pista de baile–. Luego te invito.

Bailar con ella iba a hacerle sudar mucho, pero no tenía pensado darle más *rum swizzle*. Esos cócteles eran fulminantes, sobre todo con el estómago vacío.

Su perfume, suave y frutal, le envolvió de repente cuando ella le colocó las manos en los hombros. Comenzó a mover las caderas al ritmo de la música, siguiendo la cadencia de forma natural.

Sonreía. Era esa sonrisa dulce, una tentadora mezcla de inocencia y provocación. De pronto se puso de puntillas para hablarle al oído.

—Sí, sí, capitán, pero... se lo advierto. Esta noche tengo una misión y voy a conseguir lo que quiero.

Cooper le apretó las caderas al tiempo que sentía su abdomen contra la bragueta.

—No hay problema, cielo.

«Porque yo también».

—Ya basta —Cooper le quitó la bebida de las manos y la mantuvo fuera de su alcance—. Quiero que seas capaz de salir de aquí por tu propio pie.

Ella hizo una mueca, pero no fue capaz de esconder la felicidad que asomaba en su rostro.

Bailaron al ritmo de los temas de soca hasta quedarse sin aire y entonces se dejaron llevar por la seductora cadencia del soul que comenzaba a sonar a medida que avanzaba la noche.

La media noche no tardó en llegar y el bar comenzó a vaciarse. La mayor parte del grupo de amigos de Cooper se fue dispersando y solo quedaron unas pocas parejas en la pista de baile. Junto a la barra ya solo quedaban unos pocos clientes.

Ella también había bailado con otros dos hombres. La camaradería entre ellos era relajada y le recordaba a su propio grupo de amigos de Camden.

—¿Y adónde crees que voy a ir? —le preguntó a

Cooper, arqueando una ceja. Su tono de voz sonaba firme y seguro, lleno de esa confianza en sí misma que creía haber perdido mucho tiempo atrás.

Cooper le acarició la mejilla. Apoyando la frente contra la de ella, la agarró de la nuca.

–Mi casa está al otro lado de la cala. ¿Quieres dar un paseo conmigo hasta allí a la luz de la luna?

Aquella era la invitación que Ella había estado esperando, pero el golpe de la emoción hacía que le diera vueltas la cabeza. Casi podía sentir esos dedos fuertes y capaces en la entrepierna, acariciándola. Quería probarle, tocarle, aspirar ese aroma delicioso…

Le rozó los labios y le lamió. Él dejó escapar el aliento. Le enredó los dedos en el cabello y la agarró de la cabeza para poder meterle la lengua en la boca.

Ella le dejó entrar. Sus lenguas se enfrascaron en una dulce batalla frenética.

Él fue el primero en apartarse.

–Supongo que eso es un sí.

Ella asintió con la cabeza. No estaba segura de poder articular palabra.

Cooper se puso en pie, la agarró de la mano y la hizo levantarse de su silla. Dejó unos cuantos dólares sobre la mesa y se despidió de Henry con un gesto. Ella hizo lo propio.

–Nos vemos, preciosa –le dijo Henry, despidiéndose con la mano–. Y no hagas nada que no haría yo, Coop.

Coop la llevó fuera. Le lanzó una sonrisa pícara

por encima del hombro a medida que la noche se cerraba alrededor de ellos.

–Teniendo en cuenta lo que harías tú, tengo un montón de posibilidades –le dijo a Ella al oído.

Por alguna razón, a Ella el comentario le pareció muy gracioso y no pudo contener la risa. El sonido de su voz se diluyó rápidamente en el murmullo de las olas al tiempo que salían a la playa. Cooper le puso el brazo alrededor de los hombros y la atrajo hacia sí, guiándola a lo largo de la orilla, hacia la oscuridad.

Los grillos y los insectos nocturnos añadían un acompañamiento acústico a las luces intermitentes de las luciérnagas que se escondían en la maleza. Ella se quitó las sandalias para llevarlas en las manos.

El paseo a la luz de la luna acabó en un abrir y cerrar de ojos. Ninguno de los dos hablaba. Ella no oía nada más allá del ruido de las olas, de los insectos, además del latido rítmico de su corazón. La casa de Cooper era una especie de casa de madera de una planta, levantada en la misma playa, encima de una plataforma. Una lámpara colgaba del porche. La luz que emitía brillaba como el haz de un faro, iluminando la rudimentaria estructura.

Cooper la agarró de la mano y la condujo al porche.

–¿Vives aquí? –le preguntó, maravillada ante aquella vivienda espartana.

–Sí, la mayor parte del tiempo sí –dijo, abriéndole la puerta.

La estancia era espaciosa. Había pocos muebles, pero todo estaba bastante ordenado. Un sofá con cojines gastados ocupaba el centro del área del salón. La cama estaba frente a la plataforma abierta y una diminuta cocina separada por una encimera abarcaba la pared de atrás. La única puerta que había debía de dar acceso al cuarto de baño.

Sin embargo, fue la plataforma abierta, que unía el interior de la vivienda con la playa, lo que dejó sin aliento a Ella. El resplandor de la luna teñía de plata el horizonte y se derramaba sobre la superficie del agua, haciéndola brillar.

–Te pega –le dijo a Cooper.

Él soltó el aliento, casi riendo.

–¿Por qué? ¿Porque es barato? –había un toque cínico en su voz que no pasó desapercibido para Ella.

–No. Lo digo porque es un sitio encantador, sin pretensiones, y peculiar.

Cooper volvió la lámpara para darle un resplandor dorado a la modesta cabaña. Fue hacia la plataforma exterior. Cerró dos persianas grandes y deslizó la puerta corredera. Lo único que atravesaba las lamas era el brillo de la luna y el sonido de las olas, interrumpido en algún momento por el ruido de algún insecto.

–No quiero que nos vayan a picar los mosquitos –dijo Cooper, volviendo a su lado.

Ella se rio. La dura barba de unas horas que le cubría la mandíbula le hacía cosquillas en el cuello. Él la agarró de las caderas y comenzó a acariciarle la piel sensible de debajo de la oreja.

–Y menos en un trasero tan bonito –añadió, dándole un pellizco en una nalga.

Ella le rodeó la cintura con ambos brazos y le metió los dedos por dentro del pantalón vaquero para acariciarle los músculos duros de la espalda.

–Estoy totalmente de acuerdo.

Él dejó escapar una carcajada y metió las manos por dentro de la camisola que Ella llevaba, deslizándole las palmas por el pecho.

–Con la adulación conseguirás todo lo que quieras –le dijo él, besándola en los labios por fin.

Soltándole el trasero, Ella levantó los brazos y los apoyó sobre sus hombros. Enredando las puntas de los dedos en su cabello, dejó que se la comiera a besos. Él movió las caderas de tal forma que la hizo sentir la dura barra de su erección contra el abdomen.

«Oh, sí. Cuánto deseo esto».

Ella lo deseaba con todo su ser. Quería preguntar y obtener respuesta, quería enfrascarse en ese ritual instintivo liderado por las endorfinas.

Él deslizó las manos por su cuerpo hasta llegar a sus mejillas. Había oscuridad en sus ojos, la oscuridad del deseo más primario.

–Antes de que vayamos más lejos… –la acorraló contra la pared de la cabaña–. Tengo que saber si tomas la píldora.

La pesada losa de la decepción cayó sobre Ella de repente.

–¿No tienes condones? Yo tampoco. No pensé...

–Oye, no te preocupes. Yo tengo.

–Oh, gracias a Dios –Ella sintió un alivio inconmensurable.

–Pero yo soy un tipo muy precavido. Los condones a veces se rompen. Le apartó el pelo de la cara y le dio un beso en el cuello.

–Así nací yo. No quisiera engendrar otro Cooper Delaney.

Ella oyó cierto arrepentimiento en sus palabras.

–Pero si eres hermoso –le dijo, sujetándole las mejillas–. Tu madre debió de estar encantada de tenerte, aunque fueras un accidente.

Le oyó reírse. ¿Había dicho algo gracioso?

–En realidad no –Cooper le dedicó una de esas sonrisas espléndidas que le había regalado cuando estaban bajo del agua, explorando el arrecife.

–¿Alguna vez te han dicho que eres genial para el ego de un hombre cuando estás borracha?

–No estoy borracha –le dijo Ella, segura de que no lo estaba.

Solo la había dejado tomarse dos *rum swizzle* más y se los había mezclado él mismo en el bar. Al probarlos, apenas había notado el alcohol.

–Si usted lo dice, señorita –le dijo, rozándole la nariz e imitando el acento del camarero.

Ella se echó a reír, pero su risa se convirtió en un gemido cuando le sintió meter las manos por dentro de la camisola que llevaba para acariciarle los pechos.

–Oh, sí –arqueando la espalda se acercó más a él, buscando el tacto de sus pulgares en los pezones–. Eso es estupendo.

Él se rio.

–Deja de distraerme y contesta a la maldita pregunta.

Ella abrió la boca para preguntarle a qué pregunta se refería, pero en ese momento él le tiró de un pezón y comenzó a masajeárselo con el pulgar y el dedo índice.

–Sí –dijo Ella en un susurro.

–Aleluya.

Sus dedos juguetones le quitaron la camisola por la cabeza y entonces le desabrochó el sujetador. Él también se quitó la camisa y la tiró por encima del hombro, descubriendo así un torso con el que Ella llevaba soñando toda la mañana.

Cooper la tomó en brazos y la colocó contra la pared. Se metió entre sus muslos y apretó su duro miembro contra el refuerzo de sus pantalones. Ella se aferró a sus hombros. La cabeza le daba vueltas. Él se inclinó. Capturó uno de sus pezones con los labios y comenzó a chupar suavemente.

Ella se retorció. Movió las caderas al sentir la creciente presión de su magnífica erección.

Cooper sopló sobre su pecho húmedo. El aire fresco hacía que los pezones se le endurecieran más y más.

–Maldita sea, eres preciosa.

–Y tú también –le dijo ella, admirando sus poderosos bíceps al tiempo que él la levantaba en el aire. Sus pectorales y sus abdominales parecían esculpidos en piedra. La línea de vello que le descendía por el abdomen se convertía en una pequeña mota de rizos de color rubio oscuro allí donde se le habían bajado los pantalones vaqueros.

–¿Puedo verte desnudo, por favor? –le pidió.

Cooper dejó escapar una risotada a modo de respuesta.

–Supongo que sí, como me lo has pedido tan bien –la soltó de repente.

Ella se tambaleó y tuvo que sujetarla del brazo.

–Te echo una carrera –le dijo él, sacándose una bota.

Ella se rio.

–No te quedes ahí de pie –lanzó la bota hacia el otro extremo de la habitación–. Quítate los pantalones o tendrás que pagar una multa.

Desabrochándose los pantalones, Ella los dejó caer por sus caderas lentamente, como hacían las *strippers*.

La sonrisa de Cooper se hizo más grande, y Ella sintió que el corazón se le aceleraba al ver que comenzaba a quitarse los pantalones. Sin quitarle la vista de encima, los echó a un lado con la punta del pie. La mirada de Ella fue a parar a su gloriosa erección.

–Vaya… Es increíble.

Él se rio.

–¿Te he dicho que me encanta tu acento? –Cooper señaló lo último que le faltaba por quitarse–. Ahora quítate las braguitas. Si no, te las acabaré rompiendo.

Ella se deshizo de la prenda rápidamente. Se colgó las braguitas de la punta del dedo y las tiró hacia el otro lado de la estancia.

–Buen trabajo –la brisa fresca que entraba a través de las persianas llevaba el aroma del mar.

Cooper le deslizó la yema del pulgar por el esternón y entonces le rodeó uno de los pezones. Ella se apoyó en los codos para besarle. El sabor del refresco de cola que había tomado durante toda la noche era tan dulce como esa erección excepcional que sentía contra el abdomen. La expectación más deliciosa la recorrió de pies a cabeza. Hacía tanto tiempo desde la última vez que se había sentido tan sexy, tan juguetona.

Ruby tenía razón. ¿Por qué había empezado a tomarse tan en serio el sexo desde la universidad? Tenía intención de corregir ese error a partir de ese momento.

Le lamió la boca y absorbió la vibración de su gemido. El hombre extraordinario que tenía delante era un regalo por abrir.

Cooper le sujetó las mejillas con ambas manos y enredó los dedos en su cabello. Ella enroscó los dedos alrededor de su grueso miembro erecto y deslizó la mano desde la base hasta la punta, palpando su contorno, su extensión. Deslizó la yema del pulgar sobre la cabeza hinchada, recogiendo una gota de humedad que salía en ese momento. Cooper la agarró de la muñeca en ese momento y trató de apartarle la mano.

–Estoy demasiado cerca para eso, cielo, ¿pero

qué tal si…? –su voz se perdió al tiempo que deslizaba el pulgar entre sus pechos. Le rodeó el ombligo y entonces descendió hacia la piel caliente de su sexo.

Ella sintió una humedad repentina en la entrepierna. Recogió las rodillas y echó la cabeza hacia atrás. Sus gemidos de placer sonaban por encima del murmullo de la marea y de la brisa.

Él comenzó a juguetear, masajeando sus labios más íntimos, jugando con ese punto perfecto.

–Eso es, cielo. Quiero ver cómo te corres para mí.

Introdujo un dedo y después otro, dilatándola, acariciando las paredes de su sexo sin dejar de jugar con el pulgar. Ella sintió una avalancha de sensaciones que le corrían por la piel. Le faltaba la respiración y el nudo de deseo se le hacía cada vez más grande en el vientre.

Aferrándose a sus hombros, comenzó a mover las caderas contra su mano, cabalgando y dejándose llevar hasta rendirse ante esa avalancha de sensaciones.

Él se acercó a la cama y desapareció entre sus rodillas. Ella gritó, sorprendida, al sentir su lengua contra sus labios más íntimos. Coop capturó el nudo de placer y comenzó a succionar. Ella sintió que todo su ser se contraía durante una fracción de segundo y entonces sintió que explotaba por dentro, desencadenando una miríada de sensaciones que caían como lluvia sobre su cuerpo. Gimió, gritó y se dejó llevar por la suave cadencia de su mano hasta que no quedó más que un vestigio de un orgasmo glorioso.

Él levantó la cabeza en ese momento, volviendo al planeta Tierra. Aún temblorosa, Ella abrió los ojos justo a tiempo para ver su sonrisa.

–Más dulce que el *rum swizzle* –le susurró él. Su sonrisa juguetona deslumbraba.

–Gracias –le dijo Ella, con auténtica gratitud.

–No tienes que darme las gracias. El placer ha sido mío –le dio un beso en la punta de la nariz–. Pero todavía no hemos terminado –añadió, sacando un preservativo de un tarro de cristal que estaba sobre la caja que hacía las veces de mesita de noche–. ¿Quieres hacer los honores, o lo hago yo?

Ella se lo quitó de las manos. La boca se le hacía agua ante la idea de explorar esa magnífica erección.

–Déjame.

Le dio un empujón en el hombro y le hizo tumbarse boca arriba. Sosteniendo el paquete del condón entre las manos, Ella lamió la gota de humedad que salía de la punta y lo saboreó. Estaba deseando atormentarle tal y como él la había atormentado a ella.

Pero Coop no la dejó. De repente dejó escapar un gemido gutural y la sujetó de las mejillas, deteniéndola.

–Lo siento, cariño, pero vamos a tener que guardar eso para más tarde. No soy Superman y no quiero decepcionarte.

Ella se rio al ver su cara de pánico.

–¿Seguro que no lo eres?

–Solía serlo… –Coop rodó sobre sí mismo hasta ponerse encima de ella y le quitó el paquete de las manos–. Pero tú estás agotando todos mis superpoderes.

Abrió el envoltorio con los dientes y se protegió rápidamente. Se colocó entre las piernas de Ella y empujó con la punta de su erección. Ella sintió la presión de la cabeza bulbosa. Él le sujetaba las caderas, haciéndola inclinar la pelvis.

Su grueso miembro atravesó el umbral y Ella gimió, abrumada por las sensaciones. Las paredes de su sexo, hinchadas y húmedas, se dilataban para recibirle.

Por fin estaba dentro de ella, presionando contra su cérvix. Ella contuvo el aliento, maravillada. Le acarició la nuca con unos dedos inseguros. El peso de su vigoroso cuerpo era delicioso.

–Creo que has llegado adonde ningún otro había llegado antes –Ella se rio, sorprendida ante su propio comentario.

Él masculló algo y entonces comenzó a moverse.

Ella dejó escapar un gemido que terminó ahogándose en su garganta. Él acababa de rozar un lugar especial que la haría precipitarse hacia otro orgasmo arrollador.

–Tócate tú. Quiero que llegues conmigo.

Ella apartó sus labios más íntimos y comenzó a masajearse, buscando su propia ola de placer. Se sentía desinhibida, libre.

Se dejó llevar. Las sacudidas del orgasmo más increíble les alcanzaron al mismo tiempo. Sus gemidos sonaron en sincronía con los de él y juntos se dirigieron hacia ese lugar de olvido y abandono.

Ella volvió a tomar conciencia un rato más tarde. La euforia vivida se había convertido en un cálido resplandor que la envolvía.

Él se retiró lentamente.

—Ha sido increíble —le dijo, tumbándose boca arriba y tapándose la cara con el brazo—. Eres increíble por dentro.

Ella notó el calor del rubor en las mejillas.

—Porque tú eres muy grande —le dijo.

—Mi ego y yo te lo agradecemos mucho… —le dijo, tomándola de la mano—. Pero no soy mucho más grande que la media.

Se puso de lado y le sujetó las mejillas con ambas manos.

—¿Hacía tiempo que no lo hacías?

Ella parpadeó.

—¿Me lees la mente?

Él le acarició la mejilla y esbozó una sonrisa curiosa.

—¿Cuánto tiempo?

Ella dejó escapar una risotada.

—Demasiado, por lo que parece.

Cooper colocó una pierna sobre las de ella, sorprendiéndola. Su miembro duro le presionaba la cadera.

–¿Eso es…? –Ella bajó la vista, asombrada.

Aún llevaba el condón, pero ya volvía a estar listo. Él la sujetó de la barbilla y la hizo levantarla.

–Sí, lo es.

–¿Cuántos años tienes? –le preguntó ella.

–Casi treinta.

–¿Cuántos exactamente?

–Cumplo veintinueve el mes que viene –le dijo, sujetándole un pecho para lamerle el pezón–. Ahora mismo se me ocurre algo que me encantaría ver envuelto en papel de regalo.

–Tienes veintiocho. Prácticamente eres un juguetito.

Cooper se rio. La agarró de los hombros y la hizo tumbarse boca arriba, sujetándola con el muslo.

–¿Ah, sí? Bueno, ¿cuántos años tienes tú?

–Tengo treinta y cuatro.

Él la miró bien.

–No los aparentas.

–Bueno, pues los tengo. Déjame levantarme.

–Ni hablar, señorita.

Ella se revolvió. Trató de apartarle, pero no lo consiguió.

–Por favor, me siento un poco rara de pronto.

–¿Por qué? Estás en tu mejor momento, y yo también.

Teniendo en cuenta la prominencia de su erección, Ella no podía sino estar de acuerdo.

–Lo sé, pero…

–¿Qué importancia tiene? –le dijo él, frotándose contra su cadera.

Ella bajó la vista y contempló su erección.

–Aunque… para tu información, no soy ningún juguetito, asaltacunas.

Ella se echó a reír, pero se detuvo al sentir la mano de Cooper sobre su sexo. Sus dedos empezaron a explorar, adentrándose cada vez más, acariciándole el clítoris. Su tacto era suave y fugaz, pero era suficiente para hacerla vibrar por dentro.

Ella enredó los dedos en su cabello al tiempo que él le separaba las piernas para colocarse.

–Bueno, supongo que si lo dices de esa manera…

Agarrándola de las caderas, empujó con firmeza, una única vez, cortándole la respiración.

Seis años no eran nada.

Horas más tarde, Ella trató de volver a la realidad. El resplandor radiante de la mañana se colaba a través de las persianas. Tenía la entrepierna dolorida y sentía agujetas completamente desconocidas hasta ese momento.

–Debería irme –murmuró.

Quedarse más allá del amanecer podía generar una situación aún más embarazosa.

Trató de incorporarse, pero él la agarró de la cintura y la hizo tumbarse de nuevo.

–De eso nada –murmuró él contra su pelo.

Su cuerpo fuerte la envolvía. Podía sentir su pecho sólido contra la espalda, el vello de sus piernas…

Ella pensó en insistir, pero no fue capaz de luchar contra los atronadores latidos de su corazón. La fatiga la arrastró hacia el olvido, o tal vez fue la novedad de sentirse abrazada de esa forma. A lo mejor no tenía nada de malo quedarse allí, acurrucada durante un rato. Así tendría un recuerdo más que atesorar, un recuerdo más que la ayudara a pasar el mal trago de la realidad que tenía que afrontar cuando regresara a casa.

Esas eran sus vacaciones de ensueño, después de todo, y Cooper Delaney, ese juguete increíble, era su pasaporte hacia la tierra del placer infinito.

Se relajó, al abrigo de su abrazo reconfortante.

–Muy bien, pero me voy pronto –dijo, esbozando una sonrisa.

–Cállate y duérmete –le dijo él, rodeándole la cintura con el antebrazo–. Vas a necesitar todas tus fuerzas, mi pequeña asaltacunas. Este juguete no ha terminado contigo todavía.

Ella reprimió una risotada que terminó convirtiéndose en un suave murmullo. Poco a poco sintió cómo se relajaba su brazo a medida que el sueño les ganaba la partida.

Imágenes de colores se agolpaban tras sus párpados cerrados; el resplandor de esas playas de arena rosada, los destellos de los peces de aletas azules, el brillo naranja del zumo de frutas y del ron, el verde jade de los ojos de Cooper Delaney…

Ella tragó en seco para disolver el nudo que se le acababa de formar en la garganta y se dejó llevar por ese arcoíris de ensueño.

Capítulo Cinco

—Oye, Coop, levántate de la cama. Son más de las once, y tengo muy buenas noticias.

Una voz musical se coló entre los sueños de Ella. Abrió un párpado y el sol de la mañana inundó su retina. Oía unos golpecitos.

Se puso boca arriba y miró a su lado. La cama estaba vacía. La luz del sol que entraba a través de las persianas dibujaba rayas sobre las sábanas arrugadas. Los golpecitos volvieron a sonar. Alguien llamaba a la puerta de la cabaña.

—No te escondas, hombre. Henry me dijo que estabas aquí –dijo la voz de antes, con un marcado acento de Las Bermudas.

Ella se incorporó de golpe y se tapó los pechos con la sábana. Varias preguntas sin respuesta la asediaron de repente.

¿Durante cuánto tiempo había dormido? ¿Dónde estaba su ropa? ¿Dónde estaba Coop? ¿Quién era esa mujer que llamaba a la puerta?

La respuesta a la primera pregunta era sencilla. Debía de haber dormido durante horas. Se levantó de la cama con sigilo y localizó las prendas de ropa. Las habían doblado con cuidado y las habían puesto sobre el reposabrazos del sofá.

Ahí tenía la respuesta a la segunda pregunta. Las preguntas tres y cuatro, en cambio, seguían sin respuesta. Se vistió con rapidez, intentando hacer el menor ruido posible y mirando a su alrededor.

La mujer volvió a llamar a la puerta con insistencia y la hizo dar un salto del susto.

—Oye, te estoy oyendo. Evitarme no es buena idea.

Ella esperó unos segundos y entonces pensó en abrir las ventanas y escapar.

La chica continuó aporreando la puerta.

¿Y si esa chica era la novia de Cooper, o su esposa? ¿Era por eso que había desaparecido? ¿Qué sabía en realidad del capitán Tío Bueno?

Fue a abrir. No tenía más remedio que atenerse a las consecuencias, fueran las que fueran. Al otro lado de la puerta había una joven de unos veinte años, increíblemente guapa, descalza y vestida con unos pantalones vaqueros muy cortos. Llevaba el cabello recogido en una complicada trenza, decorada con abalorios de múltiples colores.

—Hola —estiró el cuello para mirar dentro de la cabaña. ¿No está Coop?

—Eh, no. Por lo visto, no.

—Ajá —la chica la miró de arriba abajo—. Supongo que estará en la casa grande. Siento haberte despertado —dijo la chica—. Henry no me dijo que Coop se había marchado acompañado anoche del Runner. Solo me dijo que se había ido a su casa de la playa. Supongo que Henry me estaba tomando el pelo, y Coop también.

«También debió de tomármelo a mí», pensó.

La chica iba a pensar que era una de esas que rondaban los bares y que se iban con cualquiera.

–¿Eres la nueva chica de Coop?

–Eh, no. Solo...

El rubor ardiente que sentía en las mejillas no la dejaba terminar la frase.

–Somos amigos –dijo por fin.

–¿Sabes cuándo volverá?

–Me temo que no.

–¿Puedes decirle que he venido? Soy la hija de Sonny, Josie, y...

–¿Por qué no entras y le esperas? –Ella abrió la puerta de par en par, decidida a escapar lo antes posible, antes de que la situación se hiciera más embarazosa–. Yo me iba ya.

Josie le dedicó una mirada de duda y entró en la casa.

–¿Seguro? Yo...

–Claro –contestó Ella.

Tomó el bolso del colgador que estaba junto a la puerta y pasó junto a la chica.

–¿Quieres que le deje algún mensaje a Coop?

Ella se detuvo en el porche.

–Dales las gracias de mi parte, por favor –se aclaró la garganta y bajó del porche. Sus pies se hundieron en la arena húmeda.

Esa absurda presión que había sentido la noche anterior volvía a apoderarse de ella.

Josie se despidió. Ella le dijo «adiós con la mano y continuó bajando hacia la playa. No volvió a mirar atrás.

–Despierta, Bella Durmiente, el desayuno está servido.

Coop abrió la puerta de la cabaña con la espalda. En las manos tenía una bandeja llena de comida. Llevaba fruta cortada, tostadas, sirope y café.

La finca, de más de veinte hectáreas, estaba situada junto a la cala y en ella había construido la casa de dos pisos que definía a la persona en la que se había convertido con los años. Estaba muy orgulloso, orgulloso de todo lo que había conseguido tras diez largos años agotadores en los que se había roto la espalda trabajando de sol a sol, reparando equipo de segunda mano… Habían sido largos días en el mar, llevando una excursión tras otra, noches en vela, estudiando para sacarse un máster en administración de empresas.

Su negocio, Dive Guys, le había hecho ganar el primer millón de dólares cinco años antes, y lo había celebrado comprándose una lancha motora y la cabaña en la que vivía de alquiler desde que empezó a trabajar para Sonny. Tres años más tarde, había ampliado la franquicia por todo el Caribe y finalmente había llegado a ganar suficiente dinero para invertir en la construcción de la casa de sus sueños en las tierras que había comprado detrás de la cabaña. Se había mudado a Half-Moon House dos años antes, pero aún no podía creerse que todos esos años de esfuerzo se hubieran visto recompensados con un porche abierto que rodeaba la edificación, cinco habitaciones, a cual más lujosa, una piscina con forma de ocho, casi dos kilómetros de playa privada y un ama de llaves muy curiosa.

Le encantaba enseñarle la casa a las mujeres con las que salía, pero al despertarse con Ella en los brazos, se le había ocurrido lo de convencer a Inez para que les preparara un suculento desayuno.

—Eso tiene muy buena pinta, Coop, pero no tendrías que haberte molestado. Ya me tomé un pastelito de cangrejo en el Runner.

Coop se giró de golpe. La bandeja casi se le cayó de las manos. La hija de Sonny, Josie, estaba sentada en uno de los taburetes de la encimera de la cocina, con las piernas cruzadas y una sonrisa burlona en los labios. La chica se había convertido en toda una mujer, pero cada vez que la miraba no veía más que a la niña a la que había conocido diez años antes y cuya única misión parecía ser seguirle a todas partes.

—Josie, ¿qué estás haciendo aquí? —Coop soltó la bandeja sobre la encimera. El café se derramó sobre las tostadas—. ¿Dónde demonios está Ella?

La sonrisa de Josie se hizo enorme al tiempo que tomaba un pedazo de piña de la bandeja.

—Entonces así se llama la Bella Durmiente. Es muy guapa, pero parece algo tímida. No es tu tipo.

—¿Dónde está? Por favor, dime que no le dijiste nada que la hiciera salir huyendo.

Josie chupó el trozo de piña, sacudiendo la cabeza.

–Se fue sin más. Parecía algo inquieta porque habías desaparecido.

Coop se mesó el cabello.

–La despertaste, ¿no?

Fue hacia Josie, pero la chica se levantó del taburete de un salto y quedó fuera de su alcance.

–¿Qué pasa? –le preguntó, riendo–. Tú no sales con turistas, ¿recuerdas? No quieres que tengan ideas raras.

El pensamiento irrumpió en su cabeza de repente y le hizo pararse en seco delante de Josie.

¿Cómo era posible? La chica había sido muy dulce y agradable, pero… ¿cómo le había hecho bajar la guardia de esa manera?

No quedaba ni un solo ápice de romanticismo en todo su cuerpo, no desde aquella noche… Cooper contempló la tostada encharcada de café. Amy Metcalfe le había dejado plantado en el porche de su casa en la noche del baile de graduación para irse en el descapotable de su medio hermano, Jack.

–¿No quieres saber por qué estoy aquí? –Josie le miraba. Su expresión traviesa había sido reemplazada por otra de emoción–. Tengo noticias.

–¿Ah, sí? ¿Qué noticias tienes? –le preguntó Cooper al tiempo que se tomaba un trozo de mango.

Josie sonreía de oreja a oreja.

–Taylor me hizo la pregunta anoche y yo le dije que sí.

–¿Qué pregunta?

Josie abrió los ojos.

–Me preguntó si quería casarme con él.

Coop estuvo a punto de atragantarse con el trozo de piña que acababa de meterse en la boca.

–Tienes que estar de broma. Eres demasiado joven para casarte.

Además el matrimonio era para los bobos y Josie era una chica lista. ¿En qué estaba pensando?

Josie le dio una buena palmada en la espalda. Casi estuvo a punto de dislocarle el hombro.

–Tengo veinte años –dijo con indignación–. Taylor y yo llevamos cuatro años saliendo –apoyó las manos en las caderas y Coop supo que estaba a punto de recibir una charla–. Y nos queremos. Casarnos es el paso lógico en este momento, y después podremos empezar a pensar en tener niños.

–¡Niños! –exclamó Cooper. Una vena apareció en su frente y comenzó a palpitar con fuerza–. No puedes estar hablando en serio.

–Que tú estés empeñado en convertirte en el solterón número uno del pueblo no significa que todo el mundo sea tan cínico e inmaduro.

–¿Yo soy inmaduro? Cielo, no soy yo quien está pensando en casarse estando aún en la universidad.

–¿Por qué te asusta tanto la idea, Coop? A lo mejor deberías probarlo alguna vez –dijo la joven. El enfado había dado paso a la pena.

–¿Qué? ¿Casarse? ¿Y tener hijos? Ni hablar.

–A lo mejor ahora no, pero… –Josie le miró fijamente.

Su expresión compasiva ya empezaba a incomodarle.

–¿No podrías intentar salir con la misma mujer durante más de una semana al menos? –los ojos de Josie se nublaron de repente. Parecía preocupada–. ¿No se te ha ocurrido pensar que a lo mejor las mujeres pueden darte algo más que sexo?

–Maldita sea, Josie, dame un respiro –Cooper se tapó las orejas–. No me hables de esas cosas. Me sangran los oídos.

La joven le fulminó con la mirada.

–Bueno, ¿quién es el inmaduro ahora?

Cooper bajó las manos por fin. No podía negar que tenía razón.

–Muy bien, tú ganas, pero nada de conversaciones sobre sexo, ¿de acuerdo?

–Muy bien. Tregua. No me meteré más en tus asuntos. Además, eres una causa perdida –suspiró–. No he venido aquí para discutir contigo. Vine a decirte que August y yo hemos fijado la fecha para el diez de agosto. ¿Podemos celebrar la ceremonia en tus tierras, cerca de la cala del Runner?

–Claro. No hay problema.

–También quería pedirte que fueras mi testigo. ¿Crees que podrás controlar tu terror durante el tiempo suficiente como para firmar en el libro?

–¿Seguro que quieres al solterón del pueblo allí?

–Solo si me prometes que no le tirarás los tejos a las damas de honor.

Cooper levantó la mano, como si fuera a prestar un juramento.

–Juro no tirarles los tejos a las damas de honor.

–Muy bien. Entonces ya estamos listos –Josie esbozó una sonrisa y le dio un beso en la punta de la nariz–. Te mantendré al tanto de los planes de boda. Bueno, ahora tengo que irme –dijo, poniendo los ojos en blanco–. No tienes ni idea de todo el trabajo que hay que hacer para organizar una boda con cuatro meses de antelación.

Cooper no tenía ningún interés en saberlo, pero decidió guardarse el comentario.

–Oh, por cierto –le dijo Josie al llegar a la puerta–. La Bella Durmiente te dejó un mensaje antes de irse.

–¿Ah, sí? ¿Qué mensaje? ¿Te dijo dónde se alojaba?

Josie sacudió la cabeza.

–Solo me dijo que te diera las gracias.

–¿Eso es todo?

Josie asintió, mirándole fijamente.

–Si quieres contactar con ella, a lo mejor Henry sabe dónde se aloja

–No, está bien así. No importa.

–¿Seguro?

Cooper forzó una carcajada.

–Sí. Seguro. No es mi tipo. Soy el solterón del pueblo, ¿recuerdas?

Josie volvió a poner los ojos en blanco.

–Oh, sí. ¿Cómo iba a olvidarlo? –Josie levantó las manos con impotencia y se marchó.

Cooper tiró el desayuno a la basura y se tumbó en la cama. De repente el mote ya no le parecía tan gracioso.

Capítulo Seis

Ella sacó la bandeja de *brownies* del horno de tamaño industrial y la dejó caer sobre la encimera. El estómago le dio un salto en cuanto olió el intenso aroma a chocolate derretido. Tapándose la boca, cortó los pasteles en doce pedazos, colocó la bandeja sobre el alféizar de la ventana para que se enfriara y entró corriendo en el café. El estómago le hacía cosas raras.

Respirando lentamente, colocó la tanda de minitartas de chocolate que había preparado antes. Afortunadamente, esas no tenían un olor tan fuerte. Ruby iba a llegar en cualquier momento y lo último que necesitaba era ser el objeto de más preguntas curiosas y miradas de sospecha.

Llevaba varias semanas sintiéndose mal, en tensión. A su regreso de Las Bermudas, Myra Patel le había dado el diagnóstico que tanto había temido. Le había dicho que ya no estaba ovulando a intervalos regulares, y eso explicaba los cinco meses sin tener el periodo. El comienzo de una menopausia prematura ya era una realidad.

Suspiró y levantó la vista. Ruby y Cal estaban en la acera, frente a la tienda, despidiéndose tal y como hacían todas las mañanas. Cal, que trabajaba de abogado defensor en Nueva York, se dirigía hacia la estación de metro.

El peso que tenía en el estómago se convirtió en un vacío insoportable mientras les observaba. Ruby echó atrás la cabeza y se rio por algo que su marido acababa de decirle. Callum dijo algo más que la hizo reírse de nuevo y entonces la agarró de las solapas del abrigo, obligándola a ponerse de puntillas.

El beso que le dio la hizo callar. Era un beso hambriento, devoto.

Ella bajó la cabeza y se concentró en arreglar las galletas. De repente se sentía como una vieja fisgona, y las náuseas no parecían tener intención de remitir. La campanita tintineó y la puerta se abrió, haciendo el chirrido habitual. El repiqueteo de los tacones de Ruby inundó la estancia.

—Siento llegar tarde. Hoy cierro yo.

Ruby sonaba entusiasta esa mañana. Ella frunció el ceño mientras espolvoreaba azúcar glas sobre las minitartas. ¿Cómo era posible que la gruñona con la que había montado un negocio ocho años antes se hubiera convertido en esa mujer sonriente que tenía delante?

La respuesta a la pregunta tenía nombres y apellidos.

Callum Westmore.

—Ese hombre me hizo volver a meterme en la cama —añadió Ruby— después de que Helga recogiera a los chicos.

—Pobrecita —masculló Ella entre dientes, y entonces se mordió el labio para contener la agria nota de sarcasmo.

—Ella, ¿todo bien?

Ella dejó el azúcar glas sobre la mesa. Ruby la observaba con atención.

—Sí, claro…

—¿Seguro? Tienes muy mal color.

—En serio, estoy bien.

Las náuseas la golpearon sin avisar, obligándola a taparse la boca. Echó a correr y se dirigió hacia el cuarto de baño.

—Muy bien. Respira hondo —Ruby le frotaba la espalda y las náuseas remitían por fin.

El paño frío en la nuca era un gran alivio.

—¿Qué tal el estómago? ¿Ya has terminado de vomitar?

—Sí. Creo que sí —Ella se tocó el estómago.

Ruby tiró de la cadena y le rodeó la cintura con el brazo.

—Muy bien. Ven a descansar un poco.

La llevó a la parte de atrás del café y la hizo sentarse en un butacón.

—¿Sabes qué pudo causarte las náuseas? —le preguntó Ruby, sometiéndola a un intenso escrutinio.

Ella se tomó un momento para mirarse las manos, que mantenía sobre su regazo.

—Si me guío por ese rubor de tus mejillas, creo que ya lo sabes —Ruby le apretó la mano—. Pero no quieres decirlo.

–Es una tontería –Ella se encogió de hombros.

Se obligó a hacerle frente a su amiga.

–Estoy sacando de contexto algo que no fue más que una absurda aventura de vacaciones, algo que no significó nada.

–Claro que significó algo. No te hubieras acostado con él si no hubiera significado algo. Tú no eres de aventuras de una noche.

Ella dejó escapar un suspiro pesado.

–Me molesta no haberme dado cuenta de eso antes de meterme en la cama con él para pasar una noche de sexo sin compromisos –las náuseas escogieron ese momento para atacar de nuevo–. Le echo de menos. Me hubiera gustado quedarme más tiempo para despedirme como debe ser, para cerrar las cosas. A lo mejor si lo hubiera hecho así no estaría pensando en él todos los días.

Ruby asintió.

La expresión de su rostro era muy intuitiva.

–Todo lo que dices tiene mucho sentido, pero yo tengo otra explicación para esos vómitos.

Ella frunció el ceño.

¿Por qué la miraba su amiga de esa manera? Era como si estuviera intentando reprimir una sonrisa.

–No hay otra…

–Tampoco eres de las que terminan con una úlcera de tanto pensar.

–¿Qué es lo que quieres decir, Ruby?

–Mira, llevas semanas estresada por esa aventura de vacaciones. Eso lo sé. ¿Pero, teniendo en cuenta la increíble descripción de la gimnasia que hiciste con el Capitán Tío Bueno, no crees que es posible que se trate de algo más que de nervios?

–¿A qué te refieres?

–Náuseas mañaneras.

Ella se quedó de piedra.

–Ya sabes que eso no es posible.

–Según la doctora Patel no es imposible.

–Pero la posibilidad es remota, y usamos condones todo el tiempo.

–Y Cal y yo también usamos condones, pero nos quedamos embarazados de Arturo.

–No es lo mismo. Tú no tienes problemas de fertilidad.

–De todos modos, pienso que deberías hacerte una prueba, solo para que estés segura.

–Estoy segura.

–Bueno, pues yo no.

Ella levantó las manos.

–No tengo una prueba de embarazo ahora y no tengo tiempo de ir a comprarlo porque abrimos dentro de media hora.

–Muy bien. Yo sí tengo una –Ruby metió la mano en su bolso y sacó una bolsita de una farmacia–. Ella, has vomitado tres veces esta semana –le agarró la mano y le puso la cajita sobre la palma.

Ella quería negarse, pero mientras miraba la cajita sintió que las fuerzas se le escapaban. Ruby no parecía dispuesta a dar su brazo a torcer.

–Ve y haz pis sobre el palito –le dijo, cerrándole los dedos alrededor de la caja–. No lo pienses mucho. Sea cual sea el resultado, nos ocuparemos de ello. Negarlo no es la solución. Yo te espero aquí.

Ella se puso en pie. El estómago acababa de darle un vuelco.

–Muy bien. De acuerdo. Pero a lo mejor te toca esperar mucho. Ahora mismo no tengo ganas de hacer pis.

Tardó quince minutos en salir del aseo.

–Lo he dejado sobre el lavamanos –se lavó las manos y se limpió con gel desinfectante–. No olvides tirarlo antes de que abramos –añadió, limpiándose esas lágrimas absurdas que se empeñaban en salir.

–Ella, no llores. Tienes que saberlo con seguridad.

Ella no dijo nada. Se puso a llenar la manga pastelera con crema de queso. Abrían en quince minutos y tenía que estar lista para el aluvión de clientes. No tenía tiempo para tonterías.

Ruby volvió a entrar en el café unos minutos después.

–Será mejor que mires esto.

–No lo traigas aquí –le dijo Ella, molesta–. Está empapado de pis.

–Lo sé, pero no es un pis cualquiera. Es el pis de una chica embarazada.

–¿Qué? –la crema cayó sobre la encimera.

–Ya me has oído –Ruby le puso el palito delante de la cara–. ¿Ves esa línea azul? Significa que vas a tener un bebé dentro de siete meses exactamente. Vas a tener un regalo muy especial para año nuevo.

Ella no daba crédito. Las lágrimas le nublaban la vista.

—Pero no es posible –murmuró.

Ruby se rio.

—Eh, bueno, claramente es verdad. Las pruebas de embarazo no mienten.

—Debería hacerme otra. Puede estar mal.

—Hazte todas las que quieras, pero estas cosas no dan un falso positivo. Yo me hice seis pruebas con Art, y todas me dieron el mismo resultado. Si has sido tú quien ha hecho pis en el palito, entonces eres tú quien está embarazada.

Ella se dejó caer en la silla que estaba junto a la caja registradora. Las rodillas le temblaban tanto como las manos. La manga pastelera goteaba en el suelo.

—Voy a tener un bebé –las palabras sonaron frágiles y lejanas, como si las hubiera dicho otra persona.

Ruby le acarició la espalda. Se agachó a su lado y la agarró de la muñeca.

—Sí. Así es.

Las lágrimas comenzaron a salir sin control en ese momento. Todo el cuerpo le temblaba mientras recordaba aquella prueba que se había hecho tanto tiempo atrás. La alegría que había sentido entonces la había asustado. El terror que había sentido la había paralizado, pero en aquella ocasión había sido algo pequeño, dulce. Todo había sido distinto.

En ese momento sentía algo enorme, algo que vivía y respiraba dentro de ella, algo que apenas podía contener dentro de sí misma.

Ruby tiró la prueba a la basura y se lavó las manos.

–Supongo que son lágrimas de felicidad, ¿no? –le quitó la manga pastelera de las manos y tomó un par de toallitas para limpiar la encimera.

Ella asintió. El nudo que tenía en la garganta era demasiado sólido como para poder hablar.

–¿Puedo decirte que ya te lo dije?

Ella miró a su amiga por fin. La rodeó con los brazos y se aferró a ella con fuerza.

–No merezco tener tanta suerte –dijo, llorando.

Ruby retrocedió un poco, sin dejar de abrazarla.

–No digas eso. Esto no tiene nada que ver con lo que pasó entonces. Y lo que hiciste, lo hiciste porque era lo que tenías que hacer.

Ella se tocó el estómago.

–Ya no estoy muy segura de eso.

Ruby se sacó un pañuelo del bolsillo y le limpió los ojos.

–Tenías dieciocho años, Ella. Tenías toda una vida por delante, y era un error. Tomaste la única decisión que podías tomar en ese momento –le puso el pañuelo húmedo en la palma de la mano y la hizo cerrar el puño–. ¿No crees que ya es hora de que te perdones por ello?

–Quiero hacerlo.

Ruby hizo una mueca.

–Muy bien, siguiente pregunta, porque entiendo que no tiene sentido preguntar si quieres tenerlo o no.

–Sí –Ella se atrevió a sonreír por primera vez.

–Estupendo. Bueno, siguiente pregunta… ¿Cuándo vamos a contactar con el capitán Tío Bueno? ¿Tienes una tarjeta de la empresa de excursiones o algo así?

–¿Qué? No. No podemos decírselo. No tiene por qué saberlo.

–Cálmate –Ruby le agarró los dedos con fuerza–. No hay necesidad de que cunda el pánico. No tienes por qué hacer nada todavía.

El recuerdo de su voz, seductora y cálida, se coló entre los pensamientos de Ella.

«Tengo que saber si tomas la píldora», le había dicho.

¿Y si se lo decía y él reaccionaba tal y como lo había hecho Randall? Tenía veintitantos años y vivía en una cabaña en la playa. Se iba con mujeres a las que conocía en los bares.

–No tiene por qué espantarse tal y como hizo Randall –le dijo Ruby.

Era como si pudiera leerle la mente.

–No quiero arriesgarme –apartó las manos de las de Ruby–. ¿Por qué tengo que decírselo?

–Porque es su hijo y tiene derecho a saberlo –le dijo, utilizando ese tono paciente y comprensivo que había desarrollado desde que tenía niños.

–¿Y si prefiere no saberlo?

–¿Pero cómo vas a saber eso?

Ella abrió la boca para decirle que le había preguntado si tomaba la píldora, pero finalmente guardó silencio. La respuesta a la pregunta se había perdido en el calor del momento, y no quería que su amiga pensara que le había tendido una trampa deliberadamente.

–Vive en Las Bermudas. No necesito su ayuda. Tengo suficiente dinero y…

–No se trata de eso. Es el padre del bebé. Si no le dices la verdad, no le estás dando elección, y el bebé tampoco puede elegir conocerle cuando sea mayor. Piensa en lo mal que lo pasó Nick cuando descubrió que nuestro padre no era su padre biológico –dijo, refiriéndose a su hermano Nick.

El chico había huido de casa cuando era un adolescente tras conocer la verdad y Ruby no había vuelto a saber nada de él durante muchos años.

–No es lo mismo –dijo Ella.

–Sé que no, pero lo que trato de decir es que no se puede mantener esa clase de secretos. No es justo para ninguno.

Ella quería decirle que la vida no era justa, pero lo cierto era que jamás había creído en ello. La vida podía ser justa si se hacía el esfuerzo para que lo fuera.

Ruby le dio un golpecito en la mano.

–¿Y si dejamos esta discusión para otro día? No tienes por qué hacer esto todavía.

De repente se oyó un golpeteo en la puerta. Había una pequeña multitud delante del establecimiento, muchas madres con carritos de bebé…

Ella se levantó de golpe. Rodeó el mostrador y le dio la vuelta al letrero de la puerta para indicar que estaban abiertos. Sonrientes, las mujeres entraron en el café, empujando sus carritos con orgullo.

—Ella, ¿seguro que no quieres irte a casa a descansar? Yo me ocupo de esas ricuras —le dijo Ruby, parándose junto a ella detrás del mostrador.

Ella le devolvió la sonrisa. La bola de pánico se disolvía.

—No hace falta. Me siento genial.

Ruby se rio.

—Ya verás mañana por la mañana cuando vuelvas al aseo corriendo. De hecho, creo que será mejor conseguir unos cubos.

Ella pasó la mañana charlando con las madres, sirviendo té, pasteles y galletas.

Hablaría con Cooper. No tardaría mucho. Ruby tenía razón. Ocultarle la verdad era un error. Estaba mal.

Había sido un accidente y no tenía por qué llenarse la cabeza de tantas cosas. Lo único que tenía que hacer era pensar en el milagro que crecía en su interior e intentar buscar la forma de darle lo mejor a su bebé. Y si para ello era preciso hablar con Cooper Delaney, entonces reuniría el valor necesario para hacerlo.

Capítulo Siete

–¡Ah! Maldita sea –Coop sacó la mano y tiró la llave inglesa sobre la cubierta.

Salía sangre de la herida que se había hecho en la base del pulgar, cubierto de aceite de motor y suciedad. Se chupó el dedo.

–¿A qué vienen tantas palabrotas? –Sonny asomó la cabeza por la puerta de la cabina del capitán.

–Esa maldita hélice acaba de arrancarme un pedazo de la mano. Hacen falta palabrotas –subió a la cubierta. Se ató la mano con el trapo que había usado para limpiar el eje de trasmisión y le lanzó una mirada de furia a su amigo–. Esa tuerca no se va a mover, seguramente porque lleva treinta años oxidándose.

La mano le comenzaba a palpitar en sincronía con la cabeza. La noche anterior se había tomado demasiadas copas en el Runner y no estaba de humor para ponerse a trastear con el viejo motor de Sonny.

El veterano capitán ladeó la cabeza y le dedicó una mirada de calma.

–Ya veo que hoy también te has levantado con el pie izquierdo.

Coop ignoró la indirecta.

Era cierto que llevaba un tiempo sin estar en plena forma, desde que la chica inglesa se había marchado. Su cuerpo exuberante y su sonrisa franca se le habían grabado, arrebatándole el sueño casi todas las noches.

—¿No es hora de librarse de este cubo? —le preguntó a Sonny, pagándola con su barco.

Sonny acarició la consola con cariño.

—A mi *Jezebel* aún le quedan unos cuantos años. Además, ahora que tengo que pagar la boda de Josie, la necesito más que nunca.

Coop se anudó el trapo con los dientes alrededor de la mano. El mal humor crecía por momentos. Ambos sabían que el *Jezebel* llevaba muchos años dando problemas. Él se había ofrecido a financiar la boda de Josie un millón de veces, pero Sonny se había negado a aceptar el dinero.

—¿Pero por qué se casa Josie? Solo tiene veinte años y los dos están aún en la universidad. ¿De qué van a vivir?

—El amor lo puede todo —dijo Sonny con esa sonrisa de orgullo paterno que llevaba semanas incomodándole.

¿No se daba cuenta de que probablemente iba a pagar una fortuna por un matrimonio que no iba a durar más de un año?

—¿Tú crees? —la voz se le afilaba cada vez más.

Sonny asintió.

—Oye, llevas unos meses bastante insoportable. ¿Quieres decirme que está pasando?

¿Meses? ¿Habían pasado meses desde aquella noche que había pasado con Ella?

–No se trata de mí, Sonny –dijo, intentando desviar la conversación–. Se trata de Josie y de que haga algo estúpido. ¿No vas a mover ni un dedo para impedírselo?

–Josie ha sido muy testaruda desde que tenía tres años. Nada de lo que yo pudiera decirle la detendría, aunque quisiera hacerlo.

Coop abrió la boca para objetar algo, pero Sonny levantó un dedo para hacerle callar.

–Pero yo no quiero detenerles. Taylor es un buen chico y ella le quiere. Y no son ellos los que me preocupan.

Sonny se apoyó en el banco que estaba junto a Coop. Su mirada se volvió seria e intensa.

–Eres tú quien no ha estado bien desde aquella noche que te fuiste a casa con esa turista.

–¿Qué…? –Coop se quedó boquiabierto.

¿Cómo sabía Sonny lo de Ella? El viejo marinero siempre se estaba inmiscuyendo en sus asuntos porque era todo un romántico y creía que tenía derecho a ello.

Pero no le había contado lo de Ella a nadie. ¿Acaso tenía rayos X en la vista o algo parecido?

–Josie dice que a la mañana siguiente parecías muy afectado cuando se fue. Pero ella se marchó sin más, ¿no? ¿Es eso? ¿La echas de menos?

–No es lo que crees.

Coop frunció el ceño.

–No fue más que una noche. Ya sabes…

Se encogió de hombros.

No iba a ponerse a hablar de su vida sexual con Sonny.

–No creo que Ella y yo vayamos a jurarnos amor eterno ni nada parecido –dijo, poniéndose a la defensiva al ver que Sonny le miraba con esa cara de fiscal que siempre le hacía sentir como si estuviera en los tribunales.

Él respetaba a las mujeres. Las respetaba mucho, pero Sonny era de los que creían que el sexo siempre tenía que significar algo.

–Vive a miles de kilómetros. Solo pasamos una noche juntos y ella no buscaba nada más, al igual que yo. Además, fue ella quien escapó.

Sonny arqueó una ceja y Coop supo que había hablado demasiado.

–Ya veo. Eres el chico que puede tener a cualquier mujer que quiera. Y ella es la chica que no te quiso, ¿no? ¿Es eso lo que te tiene tan molesto?

–No estoy molesto –Coop cerró el puño.

La mano le dolía mucho.

–Y muchas gracias por hacerme parecer un idiota arrogante.

Sonny sonrió, pero no lo negó.

–Eres un chico bien parecido con más dinero del que necesitas. Además, tiene un encanto que atrae a las mujeres como la miel a las abejas. Supongo que tienes derecho a ser arrogante.

–Gracias –dijo Coop en un tono seco. No se iba a engañar a sí mismo. Sonny no se lo había dicho como un cumplido.

–¿No te vas a Europa la semana que viene? –Sonny insistió, ignorando la indirecta–. ¿Por qué no buscas a la chica? Mira a ver cómo le va.

Coop miró a Sonny estupefacto. La idea se le había pasado por la cabeza. Tenía una reunión en St. Tropez con unos posibles socios que querían abrir una franquicia de Dive Guys en el Mediterráneo. Desde ahí hasta Londres no había más que un pequeño salto, pero…

–No sé. Si voy hasta Londres solo para ver a una chica, a lo mejor ella se hace una idea equivocada.

–¿Y eso sería tan malo? –la sonrisa triste de Sonny le hizo sentirse como un imbécil–. Si es la mujer de tus sueños…

–Maldita sea, Sonny, Ella no es la mujer de mis sueños.

–Si tú lo dices… –Sonny se encogió de hombros.

El viejo marinero no se dejaba intimidar.

–Pero lo que quiero decir es que necesitas recuperar algo de luz, Coop –Sonny señaló el agua color turquesa que se extendía hacia el horizonte–. Y si está al otro lado de ese océano, entonces ahí es donde tienes que estar –su sonrisa se hizo más pequeña–. Porque mientras no la tengas vas a seguir siendo un incordio para todos.

Coop frunció el ceño. Por fin había captado el mensaje. Sonny no quería que fuera un estorbo mientras se ocupaba de los preparativos de la boda de su hija.

De repente sintió una punzada de dolor. El viejo capitán tenía razón, no obstante. Llevaba varios meses de muy mal humor.

–¿Tan insoportable he estado?

Sonny le puso una mano en el hombro.

–Chico, te has puesto peor que cuando trabajabas todo el día para montar tu negocio.

–Lo siento.

Sonny le apretó el hombro.

–No lo sientas, hombre. Ve y haz algo al respecto.

Coop asintió. No era mala idea tomar un vuelo que hiciera escala en Londres. Podía quedarse unos días más, alquilar una habitación en un hotel elegante, ver la ciudad…

Tal y como había dicho Sonny, ninguna mujer le había abandonado en toda su vida, nadie excepto Ella, y ese debía de ser el problema.

–¡Deja de comerte el género! Me da igual que tengas un antojo de galletas.

Ella se quitó los restos de chocolate blanco y nueces de macadamia de la boca.

–Lo siento. No puedo evitarlo.

–Vergüenza debería darte. Me encantaría saber cómo es que no has engordado ni un gramo –Ruby bajó la vista y se fijó en el escote de Ella.

Se había puesto su nuevo sujetador de copa D.

–Bueno, excepto en el pecho. Y eso a pesar de haberte comido todo tu peso en pasteles la semana pasada.

Ella sonrió de oreja a oreja al tiempo que colocaba las florentinas de fruta de la pasión en el mostrador del especial del día.

–Simplemente estoy intentando recuperar el tiempo perdido. No he podido tomar bocado en más de tres semanas.

Ella se tocó el bultito compacto que se escondía detrás de la cintura de sus pantalones. Habían pasado dos semanas, pero aún no había contactado con Cooper Delaney, aunque todo su cuerpo se lo pidiera a gritos.

El pánico se había apoderado de ella una vez más cuando le había buscado en Internet. Al introducir el nombre «Cooper Delaney» en el buscador, acompañado de las palabras «Bermudas» y «buceo», aparecían diez páginas de referencias, no solo sobre él, sino también sobre Dive Guys, una exitosa franquicia de la que era dueño y que operaba en casi todo el Caribe.

La sorpresa había sido colosal, e incluso había llegado a molestarse porque él no le hubiera desvelado todos los detalles… ¿Cómo iba a decirle a un empresario de éxito que estaba embarazada de él? Si hubiera sido el Coop que creía que era, hubiera contactado con él semanas antes.

–Mira lo que tienes en la ventana –el silbido de Ruby sacó a Ella de sus pensamientos–. Ese tiene unas espaldas que hacen mirar hasta a una chica casada.

Ella miró por encima del mostrador. Un hombre alto, con el pelo corto, acababa de entrar en el café. Un escalofrío le recorrió la espalda al ver su rostro. Unos ojos color verde esmeralda la atravesaban.

Ella parpadeó rápidamente. Tenía que ser una alucinación.

–Hola, bienvenido a Touch of Frosting, la mejor pastelería de Camden. ¿Qué capricho le apetece esta mañana?

Las palabras de Ruby sonaban distantes, como si estuviera muy lejos.

–¿Coop? –la palabra se le escapó.

–Hola, Ella –la aparición le guiñó un ojo–. Tú debes de ser Ruby. Me llamo Coop. Soy amigo de Ella.

Extendió la mano.

–Hola –Ruby rodeó el mostrador y le agarró con las dos manos–. Cooper Delaney, ¿no? Encantada de conocerte.

–Ella te ha hablado de mí, ¿no? –su voz profunda retumbó y su mirada recayó sobre Ella una vez más.

«Di algo», pensó Ella, paralizada.

Se fijó en sus pómulos perfectos, en el brillo burlón de esos ojos arrebatadores... Pero también había cosas que no encajaban, cosas como su pelo. Estaba más oscuro que antes. Los mechones aclarados por el sol ya no eran tantos.

Ella sacudió la cabeza. Una bola de pánico acababa de alojarse en su estómago. Cooper pasó la palma de la mano por delante de su cara. Era a ella a quien le hablaba.

–Oye, Ella, sal de donde estés. ¿Qué tal te va todo?

Ella abrió los labios para decir algo, pero no fue capaz de articular palabra.

–Ella está genial. Tuvo su primer… –comenzó a decir Ruby.

–¡Cállate, Ruby!

La sonrisa de Cooper se acentuó más en un lado que en el otro.

Ella rodeó el mostrador. Era como si acabara de recibir un electroshock.

«Sácalo de aquí, y después podrás decírselo, escuetamente y en privado, sin público».

–Me voy a tomar la mañana libre, Ruby.

Ruby frunció el ceño.

Ella agarró a Cooper del brazo y le condujo hacia la puerta. Él miró la mano que le agarraba. Parecía encantado de verla con tanta prisa.

–Me alegro mucho de verte, Ella. Pasaba por el vecindario y pensé en hacerte una visita.

–Estupendo, Coop –le dijo ella, interrumpiéndole–. Pero vamos a un sitio más privado para que podamos hablar.

–Eso suena bien.

Ella atravesó el umbral, todavía sujeta a su brazo. Al ver que él no se movía, se paró en seco.

–Por favor –le dijo–. Mi piso está a la vuelta de la esquina. Tengo café y magdalenas –miró por encima de su hombro y localizó a Ruby.

La joven estaba de brazos cruzados y la observaba con atención. Había preocupación en su rostro.

–¿Magdalenas? –Cooper se rio.

La agarró por los codos, obligándola a soltarle el brazo.

–Me encantan las magdalenas –la hizo ponerse de puntillas–. Pero lo primero es lo primero –se inclinó hacia ella. Sus labios estaban peligrosamente cerca–. ¿No me merezco un beso de bienvenida?

Sin darle tiempo a decir nada, le dio un beso, borrando todos sus pensamientos de un plumazo. La hizo abrir la boca con la lengua y comenzó a jugar, entrelazándola con la de ella. Le rodeó la cintura con ambos brazos y la sujetó con firmeza. Ella se tambaleaba y las piernas le temblaban sin control. Su aroma la envolvía, saturándole los pulmones.

Cuando se separaron por fin, Ella oyó los aplausos de un grupo de madres que estaban en la esquina. El rubor se le subió a las mejillas. Él aún tenía esa sonrisa en la cara, ese gesto sexy que tan familiar le resultaba ya.

Tenía tantas cosas que decirle.

–Vámonos de aquí –dijo él de repente, tomándola de la mano–. Estoy deseando probar tus magdalenas –le dijo al oído.

Ella sonrió de oreja a oreja.

–Te van a encantar.

Se despidió de Ruby con un gesto.

–Díselo –le dijo Ruby, formando la palabra con los labios.

Ella asintió. Por fin se había espabilado un poco.

–Encantado de conocerte, Ruby. Te la traeré de vuelta de una pieza. Lo prometo.

El cielo estaba encapotado. Se estaba formando una tormenta de verano y reinaba una calma tensa.

–Por donde tú me digas –le dijo Cooper, rodeándole los hombros con un brazo–. Pero date prisa –añadió, mirando las negras nubes–. Parece que estamos a punto de calarnos hasta los huesos.

Ella se rio a carcajadas al tiempo que un goterón le caía en la mejilla.

–Mi calle es la segunda a la izquierda.

Un trueno la sorprendió en ese momento y los goterones no tardaron en convertirse en un chaparrón. La camiseta y los vaqueros se le empaparon en un momento.

Riendo, Ella echó a correr. La fría lluvia de verano le caía por el cabello, pegándole los mechones a la cara. Pequeños ríos de agua corrían entre sus pechos.

–Vamos, juguetito. Te echo una carrera –le dijo a Cooper.

Las cosas saldrían bien. Nada malo podía pasar ese día. Estaba segura de ello.

–Ven aquí…

Cooper corrió escaleras arriba detrás de Ella. Tenía la ropa empapada. Tropezó y masculló un juramento, pero finalmente logró alcanzarla. Ya empezaba a sentir un intenso palpitar en la entrepierna. Llevaba tantos meses deseando tocarla de nuevo.

La siguió hasta el interior de un diminuto apartamento situado al final de las escaleras. Cerró la puerta tras de sí y miró a su alrededor. El salón era del tamaño de una caja de cerillas y había un sofá cubierto de cojines coloridos.

Agarró a Ella por la cintura y la atrajo hacia sí.

—Te tengo —la sujetó con fuerza y contempló su rostro con forma de corazón. Esos ojos azules le habían hecho pasar largas noches en vela durante meses.

A lo mejor la había echado de menos más de lo que pensaba.

—Y no te vas a escapar de mí.

Capturó sus labios y le dio un beso frenético al tiempo que le levantaba la camiseta empapada de agua. Abarcó sus pechos generosos con ambas manos. Sus pezones duros se le clavaban en las palmas de las manos a través del fino sujetador que llevaba puesto. Se los pellizcó.

Ella enredó las manos en su cabello y le hizo retroceder un poco.

—Tengo que decirte… Tenemos que hablar.

—Más tarde —dijo él, mordiéndole el labio inferior—. El sexo primero y después las magdalenas. Hablaremos después.

Buscó hasta encontrar la hebilla del sujetador y logró abrirlo en un abrir y cerrar de ojos. Le sacó la camiseta por la cabeza y después le quitó el sostén.

Una vez quedó desnuda de cintura para arriba, Cooper contempló sus pechos. Tenía los pezones muy hinchados. Eran como frutos rojos, dulces y suculentos.

–Son mejor de lo que recordaba.

Tomando uno de sus pechos entre las manos, comenzó a lamer la punta y entonces la mordió con suavidad. Ella gimió. Arqueó la espalda y buscó la succión de sus labios.

Cooper localizó la cremallera de sus pantalones y se la bajó. Metió la mano por dentro de sus braguitas y le buscó el sexo. Masajeó el centro de su feminidad.

Ella se movió y le agarró de la muñeca.

–¡Para! Voy a tener un orgasmo.

–Bueno, esa es la idea.

Ella le miró fijamente.

–Quiero tenerte dentro de mí. Ha pasado tanto tiempo.

–No hay problema –Cooper se rio.

Una ola de alivio le recorrió por dentro. La tensión que sentía en la bragueta crecía por momentos.

–Entonces desnudémonos. Rápido.

La pequeña habitación se llenó de sonidos frenéticos; palabrotas susurradas, el ruido de la tela al rasgarse, cuerpos que golpeaban el suelo de linóleo…

Después de una eternidad que no duró más que unos minutos en realidad, Ella se detuvo frente a él, completamente desnuda. Su mirada recayó en la impresionante erección que apuntaba hacia ella. Su miembro palpitaba. El pulso hacía vibrar la punta a un ritmo regular e incansable.

Cooper la levantó contra la pared y se colocó

entre sus piernas. Agarrándola de las caderas, contempló esos pechos espectaculares. Había ganado algo de peso desde aquella noche en Las Bermudas, y le sentaba bien. Su abdomen, completamente plano entonces, había crecido un poco, proporcionando el apoyo perfecto para su erección.

Se inclinó hacia delante y comenzó a succionar ese punto pulsante que aparecía en la base de su cuello. Su aroma adictivo le envolvía. Olía a limón, a especias y a muchas más cosas agradables.

—No tengo condones —le dijo, pensando que debía atenuar la marcha—. ¿Te importa si me retiro antes? Estoy sano. Lo prometo.

Ella asintió y Cooper levantó la cabeza para ver sus ojos. Había una emoción en ellos que le aceleraba el corazón.

—Yo también —dijo ella.

Desesperado ya, Cooper empujó contra su abdomen con la punta del pene. La agarró de las nalgas y, tras hacerla inclinar la pelvis de la mejor manera posible, la penetró de una vez. Su sexo cálido y húmedo se dilató para él y después comenzó a masajearle como un manto de terciopelo. Ella echó atrás la cabeza, apoyando las manos en la pared, y entonces le sintió moverse. Cooper comenzó a empujar poco a poco. Sus embestidas eran irregulares, desatinadas. La necesidad le hacía moverse frenéticamente. No podía aminorar. No podía detenerse. Era como si le fuera la vida en ello.

Ella lloró. Le clavó las uñas en la espalda, aferrándose con locura. Sus músculos comenzaron a exprimirle y Cooper supo que había llegado al orgasmo.

Su semen entró en ebullición en ese momento. Sentía cómo subía por su miembro, acercándole cada vez más al borde del precipicio. Los gemidos de Ella le suplicaban.

De pronto oyó una vocecita que le hablaba desde un rincón de su mente.

«Ahora. Sal ahora».

Cooper se retiró, apoyando la cabeza contra su hombro, probando la sal de su sudor. El dolor de la separación fue tan devastador y brutal como el imparable orgasmo que le sacudió al tiempo que su semen se derramaba sobre el abdomen de ella.

–Maldita sea, ha sido mejor de lo que recordaba.

Ella volvió a la realidad al sentir sus manos en la mejilla y en el pelo. Esos ojos color esmeralda buscaban su mirada.

Asintió sin más. Aún estaba confusa. El sexo aún se le contraía y se estiraba tras un orgasmo de proporciones cósmicas.

–Sí –le susurró.

Él esbozó una sonrisa y le dio un beso en la frente.

–Vamos –la tomó en sus brazos, sujetándole el trasero con el antebrazo–. Vamos a darnos una ducha. Y después quiero una magdalena.

–Todavía tenemos que hablar –murmuró ella.

–Claro. Pero primero quiero verte cubierta de burbujas de jabón.

Ella se rio. Apoyó la cabeza sobre su hombro y le rodeó el cuello con ambos brazos.

Cooper se dirigió hacia el diminuto cuarto de baño situado al fondo de la casa. La apoyó en el suelo y abrió el grifo de la ducha. Mantenía una mano sobre su cadera, no obstante, como si temiera que fuera a marcharse en cualquier momento.

El agua comenzó a salir de la alcachofa. El chorro era escaso.

Ella sonrió.

—Es fontanería británica. Eso es el equivalente a las cataratas del Niágara.

Cooper esbozó una sonrisa que le levantó el espíritu.

—Por lo menos está caliente —dijo, probando la temperatura antes de meterla en el plato de ducha.

—No por mucho tiempo.

Cooper tomó el jabón de limón de la repisa e hizo algo de espuma.

—Bueno, entonces habrá que darse prisa.

Comenzó a masajearle los pechos, levantando y probando su peso al tiempo que le frotaba los pezones con los pulgares. Ella sentía un calor creciente en la entrepierna.

Tomó la pastilla de jabón para lavarle a él también. Comenzó a frotarle los músculos del abdomen y exploró los finos tendones que definían sus caderas. Tomó su pene entre las manos y sintió cómo se endurecía mientras lo acariciaba.

Una ola de sangre caliente le inundó el clítoris.

Quería sentirle dentro de ella de nuevo. Quería que tocara el nido donde crecía su hijo.

Muy pronto lo sabría…

De repente él le levantó los pechos.

–Me gusta el tamaño que tienen ahora. Te queda bien.

No podía ocultárselo por más tiempo.

–Tenemos que vestirnos. Tengo algo que decirte.

–Muy bien.

Cooper cerró el grifo y la agarró de la muñeca al tiempo que salía del plato de ducha. El silencio repentino era ensordecedor.

–¿Qué pasa? ¿Ocurre algo? –le preguntó, sujetándole la barbilla con un dedo.

–No. Solo… –Ella tragó en seco.

Bajó la vista y contempló su erección.

–Dame un minuto.

Él la soltó. Su mirada era de confusión. Ella se apartó y se dirigió hacia la puerta.

–¿Nos vestimos? Te veo en el salón en diez minutos. Te haré ese café que te prometí.

Él se encogió de hombros. Agarró una toalla y se la puso alrededor de la cintura.

–Sí. Claro.

Ella salió del cuarto de baño sin darle tiempo a cambiar de idea.

–Muy bien. Adelante. ¿Qué es tan importante que no podíamos terminar lo que habíamos empezado en la ducha?

Al oír su tono tranquilo y tristón, Ella sonrió mientras colocaba los *cupcakes* en un plato. Él estaba de pie, apoyado contra la encimera de la cocina. Se había puesto unos vaqueros desgastados y una camiseta negra.

–¿Por qué no te sientas? –señaló el área del salón–. El café estará listo enseguida.

Él arqueó las cejas. Su sonrisa triste se volvió traviesa.

–No es café lo que quiero –se acercó y, sujetándola de la barbilla, le dio un beso rápido–. Pero haremos las cosas a tu manera, por ahora.

Se sentó en el sofá a esperar mientras Ella terminaba de preparar el café.

Unos minutos más tarde, ya no pudo posponerlo más. Sentándose frente a él, colocó un plato de magdalenas de chocolate y cereza sobre la mesita de centro y le sirvió una taza de café. Él le dijo que lo tomaba solo, y bien cargado.

Había tantas cosas que no sabía de él…

«No vayas a acobardarte ahora. Decirle la verdad es el primer paso para averiguar todas esas cosas que no sabes de él».

Ella bebió un buen sorbo de café para tomar fuerzas.

–No sé muy bien por dónde empezar.

Cooper tomó una magdalena.

–¿Por qué no empiezas por decirme por qué saliste huyendo?

–No lo hice. Me desperté y tú no estabas. Pensé que me habías dejado allí, que te habías largado.

–Maldita sea. ¿De verdad pensaste eso?

–Sí. Y no me sentí muy cómoda cuando llegó tu amiga Josie. ¿Quién es, por cierto? Parecía que te conocía muy bien.

Cooper arqueó las cejas y sus labios dibujaron una sonrisa pícara.

–¿Estás celosa?

Un intenso rubor le cubrió las mejillas a Ella. Cooper se echó a reír.

–Josie es como una hermana pequeña, una hermana pesada. Créeme. No tienes motivo para estar celosa.

–No he dicho que estuviera celosa.

–Ajá –Cooper le dedicó una sonrisa llena de confianza en sí mismo.

Ella se echó a reír. La tensión que le agarrotaba el pecho comenzaba a remitir.

Él le dio un enorme mordisco al pastel.

–Mmm, está muy bueno –se lo terminó en unos pocos bocados y dejó el envoltorio de papel sobre el plato–. Bueno, ¿por qué no me lo dices ya, antes de que volvamos a la ducha? ¿De qué quieres hablar?

Ella volvió a sonrojarse.

–Muy bien. Es, bueno, es difícil de decir –tragó a través del nudo que tenía en la garganta.

–¿Sí? Eso no suena nada bien –Cooper le dedicó una sonrisa pilla–. Solo espero que no vayas a decirme que estás casada.

Ella se rio.

–Dios, no. No es nada de eso. Es… –Ella se miró

los dedos. De repente sentía una gran timidez–. Es que... estoy embarazada. Es por eso que he ganado algo de peso.

La sonrisa pilla permaneció intacta, pero la curiosidad que iluminaba sus ojos se convirtió en asombro. Le miró los pechos y después el vientre. Se echó hacia atrás, abrió la boca, volvió a cerrarla...

–¿Tú...? ¿Estás esperando un niño? No parece que estés embarazada.

Ella esperaba la siguiente pregunta, pero él continuó mirándole el abdomen.

–Bueno, solo estoy de doce semanas, así que no se nota mucho todavía –tocó el incipiente bultito.

Él levantó la cabeza por fin. Ella esperaba ver un gesto de sorpresa en su rostro, o tal vez de asombro, pero no fue eso lo que vio. La expresión de Cooper Delaney se había transformado en terror absoluto.

–Dime que no me estás diciendo lo que creo que estás diciendo.

Ella no fue capaz de decir nada. Simplemente se limitó a asentir con la cabeza.

Él se levantó del sofá como una marioneta y masculló un juramento.

–Tienes que estar de broma. No puede ser mío. Dijiste que tomabas la píldora.

Ella esperaba ese comentario. Lo había oído en su imaginación.

–Lo sé. Me di cuenta cuando vi que podrías haberte llevado esa impresión, pero...

–¿Me mentiste? –él dio un paso adelante–. ¿Por qué demonios me mentiste? –se llevó las manos a la cabeza–. A menos que… ¿Querías quedarte embarazada? ¿Esto es una trampa? ¿Pensaste que iba a morder el anzuelo?

Ella sintió que el corazón le subía hasta la garganta. El golpe había sido tan fuerte e inesperado.

–¿Qué? No. Yo nunca… –se le agotaron las palabras al ver su expresión de desprecio–. Usaste un condón. ¿Cómo podría haberlo planeado?

–Sabía que el papel de la señorita dulce y tímida era demasiado bueno como para ser cierto, pero caí en la trampa de todos modos.

–¿Qué papel? ¿De qué estás hablando?

–Déjalo. ¿De acuerdo? Tienes lo que querías –volvió a mirarle el vientre–. Ya tienes mi pastelito en el horno.

–No. No lo entiendes. Yo no planeé esto. Lo del embarazo fue… un accidente. Todo fue muy precipitado y… pensé que no importaría que tomara la píldora.

–¿Qué? ¿Pensaste que no importaba? ¿Estás loca? Te dije que no quería arriesgarme. ¿Qué parte fue la que no entendiste?

–No. No es eso lo que quería decir. No pensé que… –Ella se detuvo, indecisa. No era capaz de decirle la verdad sobre su viaje a Las Bermudas, sobre sus problemas de fertilidad–. No tienes por qué verte involucrado en esto. He decidido tener este bebé. Lo quiero. Mucho –las manos le temblaban–. Simplemente pensé que deberías saberlo.

–Muy bien. Ahora lo sé. Gracias. ¿Qué demonios se supone que tengo que hacer con la información? Ya me has dicho que va a haber una parte de mí caminando por este planeta muy pronto, pero no puedo decir nada al respecto, ¿no?

Ella sacudió la cabeza. Las lágrimas se le habían secado antes de salir.

–No. No, no puedes. No quiero abortar. Y no hay nada que puedas decir o hacer para hacerme cambiar de opinión.

Cooper se encogió al oír eso.

–¿Quién te ha dicho que abortes?

–No lo haré. Quiero tener este niño. Si tú no quieres tenerlo, no importa. No tienes por qué verlo e implicarte en esto.

–Sí, claro –pasando por su lado, Cooper recogió su bolsa del suelo–. Como si eso fuera a funcionar–. Se colgó la bolsa del hombro y abrió la puerta.

La lluvia caía con fuerza y golpeaba las ventanas.

Cooper miró por encima del hombro una última vez y salió dando un portazo. Ella se dejó caer contra la pared. Las piernas le temblaban demasiado. Apoyó la frente contra las rodillas y escuchó cómo se alejaban sus pasos pesados al bajar las escaleras. Muy pronto dejaron de escucharse.

Coop salió a la calle. El corazón le golpeaba con tanta. La lluvia le empapaba la cara. Dejó la bolsa en la acera y dio un puñetazo a la pared.

Un haz de dolor le atravesó el brazo.

«Maldito idiota, ¿en qué estabas pensando? ¿Cómo has podido venir? ¿Cómo has podido confiar?».

Se lamió los nudillos destrozados y recogió la bolsa con la otra mano. Paró un taxi y subió a toda prisa.

–Lléveme a un hotel.

–¿El Renaissance, señor? Es caro, pero está muy bien.

–Sí. Claro. El que sea –escondió el rostro entre las manos.

Quería gritar de dolor, de rabia y frustración.

Ya no importaba nada. Por mucho dinero que tuviera, por mucho que intentara escapar, ya nunca podría volver a una isla. Y él era el único culpable.

Capítulo Ocho

Coop contempló el logo de color rosa brillante situado en la puerta del establecimiento y entonces entró. Ella estaba frente al mostrador, conversando con una clienta. Tenía la mano apoyada en el vientre.

«Tranquilo. No vuelvas a hacer una escena», se dijo.

Había pasado la noche rodeado de lujos en el hotel de cinco estrellas que le había recomendado el taxista. No había podido pegar ojo, pero sí había llegado a sacar algunas conclusiones.

–¿Coop? –Ella se mordió el labio. La sorpresa y el temor la invadían de nuevo.

No pensaba que iba a volver a verle.

–Tenemos que hablar. ¿Puedes tomarte un descanso?

Ella asintió y miró a su alrededor para localizar a Ruby. Su socia estaba charlando con una joven pareja a quienes acababa de servirles dos cafés con leche. Al ver que se trataba de Cooper, fue directamente hacia Ella y se detuvo a su lado.

–¿Qué quieres? –le dijo a Cooper con cara de pocos amigos–. ¿No crees que ya has hecho bastante?

–He venido a hablar con Ella, no contigo.

–Bueno, cielo... vas a tener que hablar conmigo primero después de haberte comportado como un crío ayer.

–No importa, Ruby –dijo Ella, tocándola en el brazo–. Coop tiene razón. Tenemos que hablar. ¿Te importa que me tome unos minutos libres?

–¿Seguro? –le preguntó Ruby.

–Vamos a necesitar algo más de unos minutos para arreglar este lío. Un coche nos espera fuera para llevarnos a mi hotel. Allí podremos hablar en privado.

«Este lío…».

Ella sintió que el corazón se le caía a los pies. Su bebé no era un lío.

Realmente no conocía a Cooper Delaney. Su reacción volátil de la noche anterior no dejaba lugar a dudas.

–¿Cómo estás? ¿Todo bien con el bebé?

Ella se volvió. Coop la observaba desde el otro lado del taxi.

–Sí, todo está bien.

–Solo quería saberlo porque… –se aclaró la garganta–. Ayer fui un poco duro contigo. En tu apartamento, ya sabes, antes de que me lo dijeras.

Ella parpadeó, confundida. De repente lo entendió todo, no obstante. Se refería a cómo habían hecho el amor, contra la pared, desesperadamente.

–Oh, no. Todo está bien, de verdad. El sexo no

es un problema, siempre y cuando no empecemos a romper muebles –al darse cuenta de lo que acababa de decir, se sonrojó hasta la médula–. No es que vayamos a empezar ahora… Bueno, ya sabes.

Cooper esbozó una sonrisa sensual aún más inquietante.

–Sí, lo entiendo –tamborileó con los dedos sobre su rodilla–. Escucha, te debo otra disculpa.

–¿Por qué?

–Por perder los estribos, por hacer una escena cuando me dijiste… lo que te pasa, por echarte toda la culpa.

Ella sintió un gran alivio al oír sus palabras. Parecían sinceras.

–¿Entonces ya no crees que traté de tenderte una trampa?

–Una vez repasé todo lo que había pasado, me di cuenta de que no era así. No debí abrir ese paquete de condones con los dientes. Y después de lo que pasó ayer, imagino que, aunque me hubieras dicho la verdad sobre la píldora, me hubiera arriesgado de todas formas. La cosa ya estaba muy caliente.

–Te agradezco la sinceridad –Ella asintió con la cabeza, aceptando sus disculpas con formalidad–. Yo también te debo una disculpa –le dijo, suspirando.

–¿Ah, sí? –Cooper arqueó una ceja.

–Debería haberte aclarado el error… –Ella se ruborizó con violencia–. Pero no estaba prestando mucha atención a la conversación en ese momento.

–Ninguno de los dos prestaba mucha atención. Ella se aclaró la garganta.

–Pero, si te soy sincera, no pensé que supusiera una gran diferencia porque… –vaciló un momento–. He tenido problemas de fertilidad. Créeme. Las posibilidades de que me quedara embarazada eran muy reducidas.

Cooper frunció el ceño.

–¿En serio? ¿Hasta qué punto?

–Bueno, mi médica se quedó anonadada cuando confirmó el resultado de las pruebas. Tenía tantas probabilidades de quedarme embarazada como de que me tocara la lotería.

–¿De verdad?

Ella asintió y sonrió al ver su reacción. Más que encantado, parecía sorprendido, pero le resultaba agradable compartir esa anécdota con él de todos modos.

–¿Cuándo te enteraste? –le preguntó él.

La sonrisa de Ella se desvaneció.

–Eh… –miró por la ventanilla. Estaban a punto de pasar por delante del hotel Eurostar, situado junto a St. Pancras Station.

–Ya sabes… ¿Cuándo te enteraste de que estabas embarazada? –repitió él.

Debía de creer que no había entendido la pregunta.

Ella admiró la grandeza victoriana del ladrillo rojo de la estación al tiempo que se adentraban en Euston Road. No quería encontrarse con su mirada inquietante. Había sido sincero con ella, y sabía que debía responderle con la misma sinceridad, pero… ¿Rompería la tregua momentánea si le decía la verdad? Debería haber contactado con él semanas antes, pero no lo había hecho. Había sido una cobarde.

–¿Qué pasa, Ella? ¿Desde cuándo lo sabes?

Ella suspiró.

–Desde hace cuatro semanas.

Cooper dejó escapar un juramento entre dientes. El coche acababa de detenerse junto al hotel de la estación.

–Genial –no dijo ni una palabra más.

Le pagó al taxista y la condujo al flamante hotel. Su suite estaba en la tercera planta y abarcaba dos pisos conectados por una extraordinaria escalera de caracol de hierro forjado.

–Muy bien. Quiero saber por qué… ¿Por qué tardaste tanto en decírmelo? –le preguntó después de servirle la botella de agua con gas que le había pedido–. Tengo que decirte que no me alegra mucho que te hayas enterado hace un mes y que hayas pasado todo este tiempo sin decírmelo –añadió.

Ella llevaba mucho tiempo esperando esa pregunta. Había preparado una respuesta, pero prefirió beber un sorbo de agua antes de contestar.

–No calles más, Ella.

–Muy bien –le dijo por fin, sentándose en el borde de un taburete del bar–. Ya que quieres saberlo, te busqué en Internet para ver cómo podía contactar contigo y, bueno…

–¿Y?

–Pensaba que trabajabas en el barco como autónomo y que vivías en una cabaña en la playa. No esperaba descubrir que eras unos de los empresarios más conocidos del Caribe. Fue muy desconcertante. Y fue algo totalmente inesperado. Necesité algo de tiempo para hacerme a la idea antes de contactar contigo, así que esperé, probablemente más de lo que debía.

–¿Probablemente? –sonriendo, Cooper se sentó junto a ella y le dio un golpecito en la rodilla–. Cuatro semanas es mucho tiempo para hacerse a la idea, ¿no crees? Y no llegaste a llamarme. Fui yo quien vino.

–Tenía muchas cosas a las que acostumbrarme –Ella levantó la barbilla.

Él la había engañado. Había fingido ser alguien que no era en realidad.

–Me di cuenta de que en realidad no sabía nada de ti, y eso me asustaba.

Cooper le deslizó un pulgar por el labio inferior.

–No, por favor –Ella se apartó.

El roce repentino era tan inesperado como la ternura que veía en sus ojos.

–Te asustas con facilidad, ¿no, Ella? ¿Por qué?

Ella trató de controlar su respiración entrecortada. No era capaz de apartar la mirada de él. Podía controlar el deseo sexual, pero no quería necesitarle.

–¿Podemos hablar del bebé ahora? Tengo que volver al trabajo.

—Claro —Coop se encogió de hombros.

Sentía una gran tensión en la bragueta.

La deseaba de nuevo. No podía evitarlo.

—Tal y como yo lo veo, Ella, los dos vamos a ser padres del mismo niño. Y tienes razón. No sabemos casi nada el uno del otro —la miró de arriba abajo. Los pezones se le marcaban en el fino tejido de la camiseta—. Excepto en lo más básico. ¿Y si te vienes a Las Bermudas y pasas un par de semanas allí? —la propuesta se le escapó de los labios antes de haberlo pensado bien.

A Ella se le iluminaron los ojos.

—Y allí decidimos lo que vamos a hacer una vez nazca el niño.

—¿Quieres participar de todo esto? ¿Quieres ser parte de la vida del bebé?

Parecía tan entusiasmada que Coop tuvo que morderse el labio para no devolverle la sonrisa de oreja a oreja. ¿Iba a ser todo tan fácil?

—Claro que sí. También es mi hijo, ¿no?

—Sí, bueno, sí lo es —Ella abrió las palmas de las manos sobre su abdomen.

Coop sintió que los latidos del corazón se le ralentizaban al ver lo mucho que significaba para ella ese bebé. No debía de ser muy grande todavía, pero ya era importante para ella.

Podía responsabilizarse del pequeño y comprometerse hasta un punto, pero esa fe ciega, esa confianza que hacía falta para preocuparse por alguien más que por uno mismo… Eso era algo muy distinto, algo que jamás podría conseguir.

–¿Qué quieres decir con eso de que te vas a Las Bermudas? –Ruby la miró con ojos de estupefacción–. ¿Por cuánto tiempo?

–No lo sé. Seguramente solo serán dos semanas. Él me sugirió que dejara abierta la vuelta, pero no creo que necesite más de dos semanas.

–¿Pero es que te has vuelto loca?

–Me ha invitado y yo creo que es una buena idea –espolvoreó una magdalena.

No quería ni mirar a Ruby.

–Vamos a tener un niño. Me gustaría que participara de todo esto, si él quiere, pero necesito saber más de él para que eso sea una posibilidad realista, sobre todo porque vivimos muy lejos.

Ruby golpeó el suelo con la punta del pie.

–¿Entonces por qué no se queda en Londres y lo resolvéis todo aquí?

Ella suspiró y se limpió el azúcar de las manos en el delantal.

–Tiene un negocio que atender.

–Y tú también.

–Sé que no es buen momento –Ella le hizo frente a su amiga.

Habían tenido que pedir un préstamo para cubrir los costes adicionales de personal que generaría su baja de maternidad.

–Será bueno para Sally y para Gemma. Así pasaréis un tiempo a prueba y tú podrás supervisarlo todo antes de que yo tenga al bebé. Y yo he ahorrado suficiente para cubrir sus sueldos durante todo el tiempo que esté fuera.

–Sabes perfectamente que esto no tiene nada que ver con el dinero. ¿Y qué pasa con tus citas con el médico? ¿Qué pasa si algo le ocurre al bebé?

–Coop me ha dicho que me va a tratar el mejor obstetra de la isla mientras esté allí.

Se había quedado un poco pálido cuando le había mencionado el tema, pero había buscado una solución rápidamente.

–No van a ser más que un par de semanas. No creo que se extienda más. Cuando vuelva estaré de cuatro meses solamente.

–Muy bien. De acuerdo. Vamos con lo más importante –Ruby levantó los brazos, exasperada–. ¿Se te ha olvidado que Cooper Delaney es un completo idiota que te hizo llorar largo y tendido hace poco más de veinticuatro horas? ¿Cómo sabes que puedes confiar en él como para irte al otro lado del mundo con él?

Ella ahuyentó las dudas. Él se había disculpado y sabía que lo decía de corazón. Además, no solo se trataba de ella misma.

–Es el padre de mi hijo y me está dando la oportunidad de conocerle mejor. No puedo dar media vuelta y ya está.

–Hmm. ¿Y no te parece sospechoso que veinticuatro horas después de haberte hecho una escena quiera participar de todo esto de repente?

–A lo mejor sí.

Ella había pensado en ello. Después de la euforia inicial, se había calmado lo bastante como para ver que ese interés repentino en el niño quizás no era la única razón por la que quería llevarla a Las Bermudas. Pero eso no cambiaba el hecho de que era el padre del bebé, y ella quería que formara parte de todo.

–Estás completamente decidida a hacer esto, ¿no?

–Sí.

Ruby masculló un juramento, derrotada.

–Supongo que es culpa mía. Si no hubiera interferido, si no te hubiera animado a llamar al capitán Tío Bueno, no te encontrarías en esta situación ahora.

–¿Qué situación? ¿Tener la oportunidad de tener un niño? ¿Vivir la experiencia de ser madre? Algo que pensaba que no podría ser… ¿Te refieres a eso?

Ruby le regaló una media sonrisa.

–Muy bien. He captado el mensaje, pero hazme un favor, ¿de acuerdo?

–¿Qué favor?

–No dejes que toda esa felicidad prenatal te impida ver la verdad sobre lo que realmente está pasando con el señor capitán. Tienes tendencia a ver lo bueno de la gente solamente, y esa es una de las cosas que me encanta de ti, pero intenta ser un poco más precavida esta vez.

–Si esto es por lo que ocurrió con Randall, no tienes nada de qué preocuparte.

Ella entrelazó sus dedos con los de Ruby.

–No voy a cegarme. Aprendí esa lección cuando tenía dieciocho años y no pienso volver a enamorarme tan fácilmente.

Había cometido ese error con Randall y había pagado un precio por ello.

–Pero tampoco quiero vivir asustada.

Tenía que asumir ciertos riesgos para resolver el increíble enigma de Cooper Delaney. Quería entenderle, saber lo que realmente pensaba de ella, del bebé… Solo de esa manera podría ser parte de la vida de su hijo.

No buscaba nada más. Estaba segura de ello.

Capítulo Nueve

–¿Qué tal el viaje? –Coop sacó su maleta del coche.

Ella bajó del taxi con aire acondicionado. Estaban en una cochera rodeada de palmeras y viñedos en flor, situada en la parte de atrás de la finca de Cooper.

Se abanicó el rostro con el sombrero de paja. En abril hacía un calor agradable en Las Bermudas, pero en julio las temperaturas podían llegar a ser sofocantes.

–Bien. Gracias –Ella trató de apartarse el pelo sudoroso de la cara mientras Cooper le pagaba al taxista.

La verdad era que todo había ido muy bien. Al llegar al aeropuerto se había encontrado con que habían cambiado su billete de turista por otro de primera y había podido viajar con todas las comodidades.

El impacto de verle de nuevo le había bastado para despertar esas mariposas que llevaban tanto tiempo dormidas en su estómago.

–Te agradezco el cambio de billete, pero no tenías por qué hacerlo.

–Sí que tenía que hacerlo –le miró la barriga y

entonces esbozó una sonrisa–. Ningún hijo mío va a viajar en turista–. Ven aquí –agarrándola de la cintura, la condujo hacia unos peldaños de madera que daban acceso a la parte de atrás de la casa–. Entremos para refrescarnos un poco.

Las escaleras llevaban a una amplia galería exterior que abarcaba toda la fachada de una casa blanca de madera, construida sobre una roca y situada en medio de un pequeño bosque de palmeras. Ella contempló la moderna estructura de dos pisos de aire colonial mientras avanzaban por el camino que llevaba a la puerta principal.

En cuanto entraron en la flamante mansión, Coop dejó el bolso y la maleta al pie de una escalera de caracol que llevaba al segundo piso. Se inclinó contra la balaustrada y sonrió.

–¿Qué te parece? Mejor que la cabaña, ¿no?

Ella miró a su alrededor y admiró el lujo que la rodeaba: sofás de cuero, una enorme televisión de pantalla plana, un bar, una chimenea… Atravesó las puertas abiertas que daban acceso a la plataforma abierta, buscando la brisa marina. En la terraza del piso inferior había una piscina y unos peldaños de piedra dibujaban un camino que debía de llevar a la playa de la cala.

–Es precioso. Debiste de trabajar muy duro para llegar a tener todo esto en menos de una década.

Él se paró a su lado y apoyó los codos en la barandilla.

–Me has buscado bien en Internet.

–Una periodista de la revista *Investment* decía que eras el rey de las islas, el hombre que se había hecho a sí mismo. Parecía muy impresionada con tu modelo empresarial.

En realidad habían sido más cosas las que habían impresionado a la periodista.

Coop esbozó una sonrisa rápida e inocente.

–Sí, me acuerdo de ella. Si no recuerdo mal, intentó algo conmigo.

–Creo que puedo prescindir de esa información.

–Bueno, para que lo sepas, yo no le seguí la corriente. A mí me gusta ser el que persigue –la sujetó de la barbilla–. Excepto cuando me encuentro con preciosas asaltacunas inglesas.

Ella sintió que el pulso se le aceleraba.

–No vine a Las Bermudas para tirarte los tejos de nuevo.

–¿Y si te los tiro yo a ti?

Ella contuvo el aliento al sentir sus labios sobre el cuello. Una descarga de deseo la recorrió por dentro, conectando su barbilla al punto más íntimo y sensible de su sexo, haciéndolo despertar. Las sensaciones se propagaban como un río de lava, quemando todo lo que encontraban a su paso mientras él exploraba su boca con movimientos seguros.

Ella le chupó la lengua, saboreándole, gimiendo. Estiró los dedos por los músculos duros de su abdomen y le dejó meter las manos por dentro de su blusa. Él la agarró de la cintura y tiró de ella.

Unos dedos firmes comenzaron a tocarle los pechos, le pellizcaron los pezones.

–Espera, Coop –Ella se apartó–. Por favor, para un momento. Necesito… –Ella respiró profundamente. Tenía los pulmones ardiendo, al igual que todo lo demás–. No he venido para esto.

–¿Y qué? –Coop la agarró de la mano y la condujo hacia la escalera.

Subió los peldaños de dos en dos. Ella podría haberse resistido. Podría haberse negado, pero finalmente terminó corriendo detrás de él.

Él la llevó a una espaciosa habitación situada en el primer piso. En el medio de la estancia había una enorme cama con dosel rodeada de cortinas blancas casi transparentes. Unas puertas dobles daban acceso a la terraza exterior.

La estrechó entre sus brazos.

–Te deseo –le dijo en un mero susurro que apenas se oía en medio del murmullo del mar–. Y tú me deseas a mí. Hemos hecho un bebé juntos. ¿Por qué no podemos hacer esto?

Ella no fue capaz de encontrar una respuesta coherente para la pregunta. El deseo de sentir sus caricias la estaba volviendo loca.

Coop se quitó la camiseta y los vaqueros y entonces hizo lo mismo con ella. La desnudó de pies a cabeza y la tumbó sobre la cama. Ella deslizó las manos por su pecho, palpó el fino vello rubio. Tenía que hacerle bajar el ritmo un poco. No podía dejarse llevar hasta el punto de perder la cabeza. Ruby se lo había advertido. Le había dicho que no se fuera directamente a la cama con él, pero no le había hecho caso. No había pasado ni una hora desde su llegada y ya estaba en la cama con él.

–¿No deberíamos pensarlo un poco? –trató de frenarle, pero la pregunta se le quebró en los labios cuando sintió su mano en el centro de su sexo.

Unos dedos suaves comenzaron a palpar sus labios más íntimos, deslizándose sobre ese punto perfecto.

Ella meneó las caderas, gimió de placer. La luz que brillaba en los ojos de Coop provenía de lo más profundo de su ser, de su instinto más primario.

–Estás muy mojada, Ella. ¿Qué hay que pensar? –le preguntó, frotándola con energía, acariciando ese punto ardiente.

Ella comenzó a respirar con dificultad. De repente la hizo darse la vuelta. Le levantó las caderas y la hizo apoyarse a cuatro patas. Su grueso miembro la presionaba.

–Tendré cuidado –le dijo, apartándole el pelo. Se colocó sobre ella y comenzó a mordisquearle el cuello–. Te lo prometo.

Los pesados pechos de Ella se balanceaban en el aire, pero Coop los capturó con sus manos, manteniéndola firme.

–Y ahora dime que no lo deseas tanto como yo.

–Ya sabes que sí –le dijo ella, estirándose para recibirle. Los latidos de su corazón reverberaban por todo su cuerpo.

Una necesidad extrema, acompañada de una gran desesperación, la arrolló como un tren. No podía respirar. No podía pensar. Un nudo comenzó a desenmarañarse en su interior a medida que él empezaba a moverse. Saliendo y empujando a un ritmo constante, no le daba tregua. Le robaba el aliento. Ella cerró los puños. Las olas de placer crecían y crecían. Unos dedos duros le apretaban los pezones. De pronto él bajó las manos y apartó sus labios íntimos para acariciarle el clítoris.

El dolor y el placer se combinaron mientras él la llevaba a lo más alto. La ola titánica rompió sobre ella a medida que Coop aceleraba. Le oyó gritar, sintió cómo crecía su miembro y entonces todo terminó. Su cálida semilla se derramó por fin.

La soltó unos segundos después. Ella temblaba y tenía la mente aturdida. El corazón se le salía del pecho. Rodó sobre sí misma, apartándose. De repente se sentía absurdamente frágil.

—No has usado protección.

—No tiene mucho sentido ya —susurró las palabras contra su oído mientras la agarraba de la cintura para acurrucarse contra su espalda—. ¿Estás bien? No te he hecho daño, ¿verdad? He intentado tener cuidado, pero al final me dejé llevar un poco.

Ella sacudió la cabeza.

—No. Ha estado bien.

Todo había sido extraordinariamente intenso en realidad.

Sintió una de sus manos alrededor de un pecho. Le acariciaba el pezón con el pulgar, trazando pequeños círculos alrededor de la aureola, evitando la punta.

–El plan no era meterte en la cama directamente, pero te he echado de menos.

–El plan… –Ella se puso boca arriba, apartándole la mano–. ¿Tenías esto planeado?

–Sí. Supongo que sí –Coop se apoyó en un codo y la miró a la cara–. ¿Por qué? ¿Hay algún problema?

–No lo sé –Ella trató de poner orden en sus pensamientos–. Simplemente pensé…

–¿Qué? ¿Que esto no pasaría? –le acarició la frente y le sujetó unos mechones de pelo extraviados detrás de la oreja–. Cielo, si estamos en el mismo continente, es inevitable, así que… ¿Para qué nos vamos a resistir?

No era esa la respuesta que Ella buscaba, pero en cuanto oyó sus palabras, supo que era la verdad.

–Sí, pero… –le miró fijamente–. No es esa la razón por la que estoy aquí.

–¿Entonces por qué has venido?

–Para conocerte mejor –murmuró Ella–. Para averiguar si quieres ser padre, para saber hasta qué punto quieres implicarte en esto. No quiero que el sexo complique todo eso.

–¿Que lo complique? –Coop se rio–. Tal y como yo lo veo, el sexo es la única cosa sencilla en todo esto. Y se nos da muy bien –se encogió de hombros–. Vamos a tener que trabajar en las otras cosas, porque no tengo respuestas fáciles para todo eso.

Durante una fracción de segundo, dio la impresión de estar perdido, y Ella no pudo tragarse el nudo que tenía en la garganta. ¿Acaso le estaba presionando demasiado? ¿Acaso esperaba demasiado?

–¿No sabes qué sientes por este bebé? –le preguntó, sintiéndose un poco avergonzada de su propia ingenuidad.

–Realmente no –Coop se tumbó en la cama–. Lo único que sé es que no quiero meter la pata, como mi padre.

Ella se volvió hacia él.

–¿Cómo estropeó las cosas tu padre?

Coop la miró a los ojos.

–No estando ahí, supongo. No llegué a conocerle. Solo estábamos mi madre y yo.

–Lo siento –Ella sintió que el corazón se le caía a los pies al oír ese tono defensivo. Era evidente que no le gustaba hablar del tema–. Tú no eres así. Estás intentando hacer lo correcto.

Coop miró su mano y entonces la miró a los ojos. Su expresión era indescifrable.

–¿Siempre eres tan optimista?

–Lo intento. Bueno, ¿cómo era tu madre?

Coop sacudió la cabeza.

–Olvídalo. ¿Qué tal si me cuentas algo de ti primero? No entiendo por qué tengo que hablar yo todo el tiempo.

116

No le había contado casi nada, pero Ella prefirió no insistir.

–Muy bien. Bueno… Curiosamente, creo que lo que me convirtió en una optimista fue ver a mis padres, ver por lo que pasaron.

–¿Cómo es eso?

–Tuvieron un divorcio bastante espinoso cuando yo tenía ocho años.

Coop arqueó las cejas.

–¿Y eso te hizo ser una persona optimista?

–Bueno, sí. Me enseñó a ver lo importantes que son las oportunidades. Intentaron permanecer juntos por mí y por mi hermano y todo fue un desastre. Los niños lo ven todo –suspiró, recordando todas aquellas discusiones susurradas, los amargos silencios, el terror, la confusión–. Eché de menos a mi padre muchísimo y era horrible ver a mi madre enfadada y triste todo el tiempo, pero al final encontraron a las personas adecuadas. Y yo terminé con una madrastra que hace una tarta de chocolate increíble y un padrastro que nos llevaba a Ruby y a mí a las ferias de cocina sin quejarse. Mis padres se transformaron por completo. Se convirtieron en personas mejores y en padres mejores, porque al final lograron ser felices.

Coop rodó sobre sí mismo hasta ponerse de lado. Ella fue consciente de su desnudez de repente. El deseo siempre acechaba, dispuesto a engullirlos en el momento más inesperado.

Él le colocó una mano en la cadera y la deslizó hacia arriba hasta abarcar su pecho.

–Eso es muy bonito –el comentario sonó ligeramente condescendiente. Se inclinó sobre ella y comenzó a lamerle un pezón–. Pero no es tan bonito como lo eres tú. Tienes unos pechos increíbles, ¿sabes? ¿Te han crecido?

Ella comprendió que la conversación profunda había llegado a su fin. La técnica de distracción era evidente. Crecía por momentos contra su cadera.

–Sí. Me han crecido.

Coop se inclinó y comenzó a lamerle la punta de un pecho, suavemente, seduciéndola.

–También están mucho más sensibles –le dijo Ella, intentando mantenerse lúcida.

Coop sonrió.

–Increíble.

Cubriendo el pezón endurecido con los labios, se lo llevó hasta el cielo de la boca. Ella enredó los dedos en su cabello y le sujetó la cabeza.

–Oh, Dios… –el placer era demasiado intenso.

Su creciente erección le presionaba el abdomen, así que estiró la mano y comenzó a acariciársela. Recogió una gota de humedad de la punta con la yema del pulgar y justo en ese momento su estómago rugió.

–Basta –dijo él, riendo y apartándole la mano.

Le besó los dedos.

–Voy a tener que ofrecerte algo de comida. No quiero que te me vayas a desmayar el primer día. Voy a sacar la comida que nos ha preparado mi ama de llaves. Podemos comer fuera, en el porche.

–Estupendo –dijo Ella. Tener un respiro era un alivio.

Se tumbó en la cama y se tomó un momento para admirar la perfecta espalda de Coop mientras él se ponía los vaqueros.

–La cena estará servida dentro de veinte minutos. No llegues tarde.

–Sí, mi capitán.

Coop salió y Ella tuvo otra oportunidad de admirar su fabuloso trasero. A lo mejor acostarse con él la distraía demasiado, pero iban a necesitar momentos ligeros para compensar todas las cosas serias con las que tenían que lidiar. Además, lo cierto era que la intimidad del sexo era una buena forma de hacer que bajara la guardia.

Ella arrugó los párpados, cegada por el sol de poniente. A lo mejor no era tan mala idea seducirle cada vez que tuviera ocasión.

Coop sacó los platos que Inez había preparado. Se le hacía la boca agua con solo mirar la ensalada de langosta, los pastelitos de cangrejo y el pan de maíz. Descorchó una botella de *pouilly fuissé*, se sirvió una copa y metió la botella en un cubo de hielo que colocó junto a la mesa.

«Es hora de calmarse un poco», se dijo.

Le había hecho el amor diez días antes, pero no había podido evitar echársele encima nada más verla de nuevo. Se bebió la copa de un trago y tomó unos de los pastelitos.

«Disfrútalo, Delaney, porque este va a ser el único pastelito que te vas a comer esta noche».

Tenía que mantener la cabeza fría, contestar a las preguntas de Ella.

Agarró el teléfono móvil y marcó el número de su ama de llaves para decirle que podía tomarse las dos semanas siguientes de vacaciones, con todos los gastos pagados. Después llamó a Sonny. Escuchó con paciencia su larga perorata sobre las últimas novedades de los planes de boda y entonces le dijo que se ausentaría durante unos días y que contactara con su gerente si necesitaba ayuda con las excursiones. Finalmente, y con sumo cuidado, le pidió que le dijera a Josie que estaría fuera de la isla hasta la boda. Sabía que Josie podía ser su mayor problema. Era como una hermana pequeña, molesta, curiosa y metomentodo.

Se guardó el teléfono móvil en el bolsillo de atrás de los vaqueros y trató de ignorar la punzada de culpa. Si permanecía en la isla hasta entonces, Ella conocería a todos sus amigos en la boda de Josie, pero hasta ese momento era mejor moverse con discreción.

La triste conversación que había mantenido con ella acerca de su infancia había sido inquietante y no quería vivir otro momento como ese si podía evitarlo. Recordaba muy bien cómo era sentirse asustado, confundido, sentir que el mundo se quebraba. Aquellos días oscuros, cuando su madre estaba de mal humor y lloraba, le habían acompañado durante toda su vida como una negra sombra.

Había estado a punto de contárselo todo a Ella, pero por suerte había logrado detenerse a tiempo.

Dejó la copa sobre la mesa al oír unos pasos que se acercaban por las escaleras. Levantó la vista.

Ella llevaba un vestido de un fino tejido que parecía volar alrededor de sus piernas. El corpiño solo mostraba una pequeña parte de su escote, pero sus pechos maravillosos y sus pezones se dibujaban a la perfección.

De repente abrió la boca y bostezó.

–Hola. Tiene muy buena pinta –le dijo, mirando la mesa–. Tengo tanta hambre que podría comerme una vaca.

–No eres la única.

Ella se rio.

–¿Por qué tengo la sensación de que no es un caballo lo que te quieres comer?

Coop le agarró las manos y le besó los nudillos.

–Me encantaría comerte esta noche, pero creo que es mejor que te quedes en la habitación de invitados –sacó una silla y la invitó a sentarse–. Sola.

–No tienes por qué hacerlo –el gesto de sorpresa y decepción que se dibujaba en su rostro resultaba casi cómico–. A menos que quieras –añadió, como si hubiera alguna duda sobre su deseo.

–Cielo, acabas de bajar de un avión en el que has pasado ocho horas. En Inglaterra debe de estar amaneciendo y… –iba a añadir que estaba embarazada, pero se detuvo. No había necesidad de mencionar el tema–. Y no quiero que te canses.

El rostro de Ella se iluminó con una sonrisa.

–Eres muy considerado, pero debería advertirte que lo del *jet lag* tampoco me afecta mucho. Seguramente me despertaré con el primer rayo de sol.

Coop le dio un beso fugaz. Si lo prolongaba más, se convertiría en una tortura.

–Cuando te despiertes estaré en el dormitorio que está al final de la galería exterior. Seguro que se me ocurre alguna forma para curarte el *jet lag*.

Ella se sonrojó y Coop bajó la voz hasta hablar en un susurro.

–La terapia de sueño es mi especialidad.

–Seguro que sí. Estoy segura de que le vendrá muy bien a una vieja asaltacunas como yo.

Coop se rio a carcajadas. Se sentó a su lado y comenzó a servir la comida.

Describió los distintos platos que había preparado Inez, le sugirió algunas actividades que podría hacer durante esas dos semanas y logró esquivar con eficiencia un par de preguntas acerca de la excursión de buceo, y también acerca de Sonny.

Para concentrarse en la comida y no en ella, procuró tener presente en todo momento que el tormento de esa noche se vería recompensado con muchos momentos estupendos a partir del día siguiente.

Le preguntó por su negocio y por muchas otras cosas. Los ojos de Ella, sin embargo, no tardaron en empezar a cerrarse. La acompañó de vuelta a la habitación de invitados y le dio un beso en la mejilla.

Justo antes de que se cerrara la puerta, la oyó tumbarse en la cama que habían compartido una hora antes. Apretó el picaporte con fuerza...

Tardó un par de segundos, pero finalmente dio media vuelta. Apretando los puños y metiendo las manos en los bolsillos, se dirigió hacia el estudio situado al otro lado de la casa. De repente se sentía tan caballero como *sir* Galahad.

Encendió el ordenador y buscó información acerca de los efectos del embarazo en el cuerpo de una mujer durante el primer y el segundo trimestres. Ella le había dicho que el sexo durante el embarazo no entrañaba ningún riesgo, pero quería asegurarse.

No fue capaz de concentrarse. No veía el momento de que llegara el amanecer y los minutos pasaban a cámara lenta. Cada uno de esos minutos, sin embargo, acortaba el tiempo que iba a pasar a su lado.

¿Por qué era eso tan importante de repente? Tenían el tiempo que necesitaban. Ella había accedido a comprar un billete con la vuelta abierta. Además, muy pocas mujeres lograban mantener su interés más allá de las dos primeras citas, así que seguramente acabaría cansándose de tenerla en la casa.

¿Pero por qué se estaba preocupando ya por su marcha?

Capítulo Diez

–¡Vaya! ¡Eso ha sido increíble! –Ella se quitó la máscara y presionó el botón del tanque. Se rio. La cabeza aún le daba vueltas con todas las imágenes que habían quedado grabadas en su memoria durante los treinta minutos anteriores. Cuando había hecho *snorkel* en el arrecife creía que no podía haber nada mejor, pero el *scubadiving* lo había superado con creces. Los peces saltarines, el coral que se movía según el vaivén de las corrientes, las formas caprichosas que dibujaba el sol en el lecho marino, la arena blanca, inmaculada, resplandeciente bajo sus ancas…

–Espera. Déjame –Coop agarró los tanques de aire y los colocó sobre la cubierta del barco antes de quitarse su propio equipo.

–Casi me muero cuando vi ese tiburón –Ella se estremeció al recordar esa majestuosa criatura que había pasado por debajo de ellos–. ¿Qué clase de tiburón era? Parecía enorme.

Se bajó la cremallera del traje de neopreno y se quitó la parte de arriba.

–Era un tiburón tigre. Mide más de dos metros –Cooper le dedicó una sonrisa burlona mientras se quitaba el traje. El agua brillaba sobre su pecho bronceado–. Era una cría. No tenía por qué cundir el pánico.

–Estás de broma. Eso no era ninguna cría. Y tampoco es que cundiera el pánico.

Riéndose a carcajadas, Coop la agarró de la muñeca y la estrechó entre sus brazos.

–Creo que te las arreglaste muy bien.

Le acarició la mejilla.

–Para ser una novata –susurró antes de darle un beso.

Cuando se separaron por fin, estaban sin aire. El corazón de Ella latía sin ton ni son.

–Entonces… ¿Quieres volver a hacerlo alguna vez? –Coop la agarró de la cintura y le acarició las caderas–. ¿A pesar de los tiburones?

–Sí, por favor. Y me encantó el tiburón.

Coop se rio al ver su entusiasmo.

–Fue tan bonito y emocionante.

Llevaba diez días en la isla y a cada día que pasaba se le hacía más difícil no dejarse llevar por los sentimientos. Además, era muy difícil mantenerse firme teniéndole delante. El cabello húmedo le caía por la frente y el sol iluminaba esos rasgos hermosos. Los músculos duros de su pecho le quemaban las palmas de las manos y no era fácil recordar por qué no debía dejarse llevar.

Lo había pasado muy bien hasta ese momento. Cuando había estado en la isla en abril apenas había salido del complejo turístico y no sabía que se había perdido tantas cosas, como la elegancia colonial de las casas color pastel y de las calles adoquinadas de St. George, la emoción de un paseo en moto hasta una cala escondida, el lujo de un picnic improvisado en una cafetería de la playa...

Pero lo mejor de todo habían sido las atenciones de Coop y todo el tiempo que había pasado con ella. Cada día le proponía una nueva aventura y apenas se había separado de su lado.

En lo referente al asunto del bebé, sin embargo, no había hecho muchos progresos. Hablaba del niño y de su embarazo, pero lo hacía en términos genéricos, impersonales. De hecho, su conversación sobre el tema era tan superficial que Ella había empezado a preguntarse si todas esas salidas y excursiones no eran una forma de distraerla y de evitar el asunto más delicado.

–¿Quieres volver a salir mañana? –le preguntó él, apartándole el pelo de la cara.

–¿Podemos salir hoy de nuevo?

Él le dio un golpecito en la nariz.

–Ni hablar. Media hora es suficiente. Eres una principiante y... –le miró el abdomen y tomó la mano que ella mantenía sobre su vientre–. Ya sabes...

–Llamé al obstetra esta mañana –le dijo, intentando mantener un tono de voz ligero–. Me dijo que no había ningún problema con que hiciera *scubadiving*.

–Sí, me lo dijiste. Pero de todos modos no es buena idea forzar las cosas.

–No sabía que me habías oído –le dijo Ella, intentando no enojarse por la forma en la que intentaba zanjar la conversación mientras colocaba los tanques de aire–. He pedido cita para una revisión el lunes, por cierto –añadió, pero él ni siquiera levantó la vista–. ¿Quieres venir conmigo?

Con eso logró captar su atención. Coop levantó la cabeza.

–¿Por qué?

Había pánico en sus ojos.

–¿Es necesario? ¿Pasa algo?

–No, claro que no. Pensé que quizás te gustaría venir conmigo. Podrías ver al bebé en una ecografía.

–Muy bien –Coop se dio la vuelta y continuó examinando el equipo–. ¿Por qué no te quitas ese traje? –le dijo por encima del hombro–. Así podremos volver antes de que empieces a quemarte. Hace un calor terrible aquí.

Ella se bajó el traje hasta las piernas y se sentó en un banco del barco para quitárselo del todo.

–¿Entonces vas a venir el lunes al médico?

Le dio el traje empapado y él lo colocó sobre un banco, junto al suyo.

–Sí, a lo mejor. No lo sé. Tendré que ver cómo me las arreglo –la miró a los ojos por fin–. ¿A qué hora tienes la cita?

La falta de entusiasmo no era ningún secreto.

–A las dos y media.

–Maldita sea. Qué pena. Le prometí a Sonny que iría a verle esa tarde. No voy a poder.

El corazón de Ella dio un traspié. Ya tenía la confirmación que necesitaba. Respiró profundamente.

–Entiendo –se puso su caftán sobre el biquini–. Podría retrasar la cita. Puedo ir contigo a ver a Sonny. Me encantaría conocerle.

Coop hizo una mueca. La sonrisa le bailaba en los labios.

–No hace falta. Le voy a ayudar a desmontar un viejo motor. No va a ser muy divertido.

–¿No quieres que conozca a tus amigos?

Aún agachado, Coop se giró hacia ella, arqueando las cejas.

–¿Eh?

–Es que me parece un poco raro… que nunca nos encontremos a nadie conocido, vayamos a donde vayamos.

Ella vio un destello de culpa en su mirada.

–Ni siquiera saben que estoy aquí, ¿no?

Coop masculló un juramento y se levantó.

–Todavía no.

–Entiendo. ¿Tienes pensado decírselo a la gente al final?

–Sí, claro. Solo quería tenerte para mí durante un tiempo –le acarició la cara y su voz se convirtió en un mero susurro–. ¿Recuerdas a Josie, la hija de Sonny, la chica que te despertó en la cabaña?

Ella asintió.

–Se va a casar por todo lo alto en la playa el próximo sábado. Tendremos que ir a la boda. Soy uno de los testigos. Todo el mundo estará allí.

Continuó ordenando el equipo.

–Oh, muy bien. Eso está bien –Ella decidió no seguir por ese camino.

Coop no sonaba muy contento al respecto, no obstante.

—Pero estaría bien poder conocerles antes de la ceremonia. Ya sabes. A lo mejor es un poco raro aparecer en la boda de repente, embarazada de ti, si nadie sabe nada.

—¿Crees que se van a dar cuenta? —le preguntó él, mirándole el abdomen—. No se te nota mucho.

La inquietud que sentía Ella se convirtió en una profunda vulnerabilidad.

—Bueno, no, a lo mejor no, pero… ¿Por qué no quieres que lo sepan?

—Oye, ¿qué es lo que pasa? —Coop se puso en pie—. No es para tanto. Créeme. Es mejor no decirles nada todavía.

Ella le miró a los ojos, sorprendida.

—La cosa es, Coop, que no veo cómo las cosas son más fáciles no hablando del bebé. No puedo quedarme aquí indefinidamente, ¿sabes?

—Maldita sea, Ella, solo llevas aquí una semana. No podemos precipitarnos.

—¿Precipitarnos? ¡Coop, llevo aquí diez días! Y todavía no hemos hablado del bebé.

—Porque hemos estado ocupados, haciendo… otras cosas, cosas que has dicho que has disfrutado.

—Sí que las he disfrutado. Me han encantado, pero no se trata de eso. Podríamos haber hablado de ello por las mañanas, antes de salir, o por las tardes, al regresar.

—Ajá… Bueno, hemos estado muy ocupados por las tardes también. Y tampoco recuerdo que te hayas quejado de eso, sobre todo esta mañana cuando puse mi boca justo ahí...

Ella le fulminó con la mirada.

–Pero serás... Me has estado seduciendo deliberadamente, ¿no?, para que no tocara el tema. Lo sabía.

–Oye, cálmate. Las cosas no han sido así. Me encanta besarte ahí, ¿recuerdas? –trató de agarrarla del brazo, pero ella se apartó.

–Supongo que la siguiente pregunta es... ¿Por qué? ¿Por qué ibas a hacer algo así? A menos que... –el enfado de Ella se desinfló.

La expresión de Coop era de testarudez. Se había puesto a la defensiva.

Suspiró con pesadez al ver que él no decía nada. Tenía miedo de decirlo, de tener razón, pero sabía que tenía que hacer la pregunta.

–Si te estás pensando lo de participar de todo esto, Coop, será mejor que me lo digas cuanto antes –le miró a los ojos–. A mí me gustaría que fueras parte de la vida de este bebé. Me gustaría mucho, pero tampoco quiero forzar nada que tú no sientas. Si no estás dispuesto a hablar de esto todavía, entonces mejor será que me vaya.

¿Qué iba a contestarle a eso?

Ella le miró con esos ojos enormes y confiados y Coop supo que no había sido sincero con ella, ni tampoco consigo mismo.

Pero no quería que se marchara, aún no.

–Ven aquí, Ella –trató de estrecharla entre sus brazos, pero ella le agarró de los antebrazos para apartarle.

–Por favor, solo dame una respuesta clara, Coop. No trates de maquillar las cosas. Puedo aguantarlo.

Coop no estaba tan seguro de ello.

–Te juro que no voy a dar más rodeos.

Se sentó en el banco del barco y la hizo sentarse sobre su regazo.

–No hay necesidad de poner excusas –le dijo ella, tocándole la mejilla–. Entiendo que te sientas desbordado con todo.

Él puso una mano sobre la de ella y se la apartó de la cara.

–Deja de ser tan razonable, Ella.

Ella se puso tensa en sus brazos.

–No se trata de ser razonable o no. Se trata de ser justo. No quiero echarte encima una responsabilidad que no quieres.

–Maldita sea, Ella, ¿quién demonios te dijo que la vida era justa?

Ella trató de ponerse en pie, pero él la sujetó con fuerza, presionando la frente contra su hombro.

–Lo siento. No te vayas –echó atrás la cabeza y la apoyó contra el asiento. Contempló el cielo azul, las gaviotas–. ¿No se te ha ocurrido pensar que a lo mejor no estoy hecho para ser padre? A lo mejor el niño y tú estaríais mucho mejor sin mí.

–No, no se me ha ocurrido. Veo que no estás

tan entusiasmado como yo con esto, pero eso no quiere decir que no vayas a ser un buen padre cuando llegue el momento, si estás dispuesto a intentarlo.

–Quiero intentarlo, pero es que no sé...

–No hay ninguna garantía, Coop, no cuando se trata de ser padre. Solo puedes hacer lo que hay que hacer y esperar que todo salga bien.

–Supongo que sí, pero tú lo harás mucho mejor que yo.

–A lo mejor deberías preguntarte por qué te sientes tan inseguro en esto. ¿Te sirve eso?

–Lo dudo.

–¿Es por lo de tu padre? ¿Porque no llegaste a conocerle? ¿Es eso?

Él sacudió la cabeza.

–¿Por qué me mentiste? –le preguntó.

–Porque en realidad no le conocí del todo –le dijo él, intentando aclarar algo que jamás había llegado a entender del todo–. Él sabía que yo existía y yo también sabía que él existía.

–No... –comenzó a decir Ella, sin entender nada.

–Crecí en un pequeño pueblo de Indiana llamado Garysville –dijo, contando aquella vieja historia de la que siempre había renegado tanto–. En los pueblos así, todo el mundo lo sabe todo de los demás. Mi padre era el comisario jefe, un tipo importante con una reputación que mantener, pero le gustaba jugar lejos de casa. Todo el mundo sabía que yo era su hijo, porque me parecía mucho a él, y mi madre tampoco lo mantenía en secreto precisamente.

–Pero alguna vez hablaste con él, ¿no? Si era un sitio tan pequeño…

–¿Por qué iba a hacerlo? Solo era un tipo que iba a mi casa de vez en cuando para acostarse con mi madre. Ella le dijo que yo era su hijo, pero él no quiso saber nada del tema.

–¿Nunca habló contigo? Eso es horrible. ¿Cómo es posible que no quisiera conocerte?

–En realidad sí hablé una vez con él. No fueron más que unas pocas palabras…

Cooper dejó aflorar aquel recuerdo humillante.

–¿Quieres que te lo cuente?

Ella sintió que el corazón se le encogía. La expresión de Cooper se había vuelto fría y distante de repente.

–¿Quieres patatas también? –dijo, recordando aquellas palabras absurdas, y entonces dejó escapar una risotada en la que no había alegría.

–Oh, Coop.

–Por las noches trabajaba en un restaurante de paso cuando estaba en el instituto. Mi madre no duraba mucho en los trabajos. Tenía… –hizo una pausa–. Cambiaba de humor de repente… –se encogió de hombros–. Bueno, en cualquier caso, necesitábamos el dinero. Una noche él apareció por allí con su familia. Yo llevaba un mes trabajando en el sitio. Pidió dos perritos con chili, dos maltas de chocolate y una ración de aros de cebolla para sus chicos, Delia y Jack Junior.

–¿Les conocías?

–Claro. Íbamos al mismo instituto, pero no nos movíamos en los mismos círculos. Delia sacaba las mejores notas de la clase, y Jack Junior era el *quarterback* estrella. Yo los odiaba a los dos, porque sentía celos de ellos, por todo el dinero que tenían. Y el descapotable que le regalaron a Jack por su dieciséis cumpleaños... Él me miró a los ojos y me dijo que no, que no querían patatas fritas. Pagó y siguió adelante. Nunca más volví a verle por allí... Pero tienes que entender, Ella, que no sé si soy una buena apuesta como padre. Soy un cerdo egoísta, igual que él.

Ella quería decirle que se equivocaba, que no era egoísta, que le admiraba por haber tenido el valor de salir de todo aquello para labrarse un futuro.

–¿De verdad crees que eres el único que tiene miedo? ¿Crees que eres el único que cree que no va a estar a la altura?

Él la miró fijamente.

–Aterriza, Ella. Tú has querido a ese niño desde el primer momento. Desde el principio ha sido tu prioridad. ¿Cómo te sentirías si te dijera que solo te invité porque te deseaba? ¿Qué me dirías si te dijera que me era indiferente el niño? Si eso no te hace ver qué clase de padre sería, no sé qué necesitas para verlo.

Su sinceridad resultaba abrumadora.

–En realidad me siento halagada.

–En serio, Ella. Por una vez hablo muy en serio.

–Lo sé –le sujetó las mejillas, apoyó la frente contra la suya y se preparó para decirle algo que jamás hubiera querido contarle–. ¿Sabes que cuando tenía dieciocho años me quedé embarazada y aborté? Yo también tengo mis dudas sobre cosas que hice en el pasado.

Le miró a los ojos.

–¿Ese es tu gran secreto? –le dijo él, sorprendido–. Bueno, solo tenías dieciocho años. ¿Por qué ibas a querer tener un niño a esa edad?

Ella sacudió la cabeza.

–Sí que lo quería –se tocó el abdomen–. Lo quería mucho, y es por eso que este niño significa tanto para mí ahora.

–Muy bien. Lo entiendo –Cooper entrelazó sus dedos con los de Ella–. Pero no puedes castigarte por una decisión que tomaste cuando tenías dieciocho años. Si hubieras tenido un hijo a esa edad, hubieras arruinado tu vida.

–Pero no es por eso por lo que lo hice. Aborté porque Randall quería que lo hiciera. Insistió. Me dijo que o bien perdía al bebé o le perdía a él. Y yo le escogí a él, por encima de mi bebé.

Una lágrima escapó de sus ojos. Cooper le acarició la mejilla con el pulgar.

–Eras muy joven y estabas asustada. Ese bastardo no te dio elección. Es su culpa, no la tuya. Me asusté bastante cuando me dijiste lo que pasaba, y he hecho todo lo posible para evitar el tema desde entonces –le apoyó la mano en el abdomen y la acarició suavemente.

Era la primera vez que la tocaba ahí.

—Sí, pero te disculpaste al día siguiente, aunque aún estuvieras asustado. Y nunca has intentado presionarme como él. Eso te convierte en un hombre mejor que Randall.

—No estoy seguro de eso.

Ella abrió la boca para objetar algo, pero Cooper levantó un dedo, silenciándola.

—Pero me alegra que pienses eso. ¿Qué te parece si te acompaño el lunes a lo de la ecografía?

Ella sonrió.

—Muy bien, si quieres…

—Supongo que sí. No sé muy bien qué estoy haciendo, pero me gustaría estar ahí.

—Eso es estupendo, Coop.

Cooper enredó los dedos en su cabello y le dio un beso en los labios. Era un beso tierno y sutil al principio, pero no tardó en convertirse en algo más. Ella entreabrió la boca y comenzó a jugar con su lengua. Sintió la protuberancia de su erección contra el trasero.

Ella intentó meter la mano por dentro de sus pantalones cortos, pero él la agarró de la muñeca.

—No es buena idea.

—¿Por qué no?

Él le dio un beso en la nariz.

—Porque veo que te estás poniendo roja, y no quiero que vayas a quemarte. No quiero que termines con una insolación.

La hizo levantarse de su regazo y la condujo hacia el tablero de mandos del barco.

Arrancó el motor.

–Ahora siéntate y agárrate. Voy a ver si llegamos en un tiempo récord.

–Amárralo –gritó Cooper.

Ella tomó la fina cuerda de nailon. Subió al muelle y comenzó a atarla alrededor del poste.

El deseo volvió a golpearla de pronto y la hizo salir corriendo rumbo a la casa.

Cooper la alcanzó y la hizo darse la vuelta para darle un beso que prometía toda clase de delicias.

Buscó su lengua y la hizo abrir los labios.

–Te tengo –le dijo, tomándola en brazos.

Ella sintió el cosquilleo de la euforia en su interior. Se aferró a su cuello.

–Date prisa.

–Me estoy dando prisa –dijo Cooper, subiendo los peldaños que conducían a la puerta–. Pesas más que antes, señorita embarazada.

Ella le dedicó una sonrisa radiante. Se agarró con fuerza de sus hombros y besó la piel suave bajo su barbilla.

–Compórtate –le dijo él, entrando en el salón y dirigiéndose hacia las escaleras–. Todavía no hemos llegado.

Ella se rio a carcajadas.

Capítulo Once

–Hueles muy bien.

Unos brazos fuertes rodearon la cintura de Ella por detrás. Coop le mordisqueó el lóbulo de la oreja, haciéndola estremecerse.

–Por favor, estoy intentando arreglarme –le dijo ella, intentando mirarse en el espejo y poniéndose un poco más de brillo en los labios.

–Estás genial –le dijo, deslizando las palmas de las manos sobre la fina seda del vestido que había encontrado el día anterior en una boutique de Hamilton. Se detuvo sobre su estómago–. ¿Qué tal está Junior?

–Está bien –Ella sonrió.

Sabía que él aún seguía explorando el terreno. Todavía se sentía inseguro respecto al papel que le había tocado asumir, pero se había mostrado muy dulce y atento durante la ecografía cinco días antes. Le había hecho toda clase de preguntas al obstetra.

Cuando el médico les había preguntado si querían saber el sexo del bebé, había delegado en ella, pero era evidente que estaba deseando saberlo. A lo mejor conocer el sexo del niño hacía que todo fuera más real.

Era un varón.

Ella se volvió y le puso las manos en las mejillas.

—Pero Junior no es el que está a punto de conocer a todos tus amigos —se tocó el abdomen.

Coop mantenía una buena actitud hacia el niño, pero la euforia de ese día, una semana antes, cuando pensaba que habían comenzado a forjar una unión tangible, un lazo estrecho, se había ido desvaneciendo poco a poco.

—Quiero caerles bien —murmuró. No era capaz de esconder el resentimiento.

Durante toda esa semana había intentado hacerle entender que era algo importante para ella, pero él no había hecho más que ignorarla y no le había presentado a nadie. Y de la misma forma continuaba ignorándola cuando le recordaba que tenía que reservar el billete de vuelta.

—Hubiera preferido conocer a alguno de ellos antes.

—Ya conociste a muchos en el Runner aquella noche —le dijo él, repitiendo un argumento que ya había usado muchas veces.

—¡Pero eso fue hace cuatro meses! Y apenas hablé con nadie.

—No tienes por qué tener miedo. Les vas a encantar —le dio un beso en la palma de la mano—. ¿Sabes qué necesitas?

—¿Un Valium?

—No, no —le puso una mano en la pierna y comenzó a subir, levantándole el vestido hasta llegar a su trasero—. Se me ocurre una manera mejor.

Metió el dedo pulgar por dentro de sus braguitas. Ella le agarró la muñeca y le hizo detenerse.

–Para, Coop. No tenemos tiempo.

–Claro que sí –dijo él, esbozando una sonrisa y dándole un beso en el cuello–. Es que estás muy tensa. Esto te ayudará.

–No, no lo hará –Ella contuvo el aliento. Un calor repentino se le extendía por la entrepierna. El sexo se le humedecía.

De pronto sintió un dedo que se deslizaba sobre su clítoris.

–No tengo tiempo para ducharme de nuevo.

–No lo hagas –le dijo él, jugueteando.

Ella puso las palmas de las manos sobre su pecho y le dio un empujón.

–Quítate. ¿Cuántos años tienes, por Dios?

–¿Por qué te has enfadado tanto? Quieres hacerlo. Sabes que sí.

Ella le hizo apartarse de un empujón y salió del cuarto de baño. Tenía lágrimas en los ojos.

–¡Maldita sea, Ella! ¿Qué es lo que he hecho?

–Te diré lo que has hecho. No has tenido en cuenta mis sentimientos ni una sola vez. Si estoy nerviosa y tensa es porque no quiero ir a ese sitio sin conocer a nadie. Me doy cuenta de que no somos una pareja, no en realidad, pero pensaba…

–Claro que somos una pareja. Vamos a ir juntos a esto, ¿no? Pero todavía no entiendo por qué no podemos hacer el amor ahora si es lo que queremos los dos.

La rabia y la frustración se apoderaron de Ella.

–La razón por la que no podemos hacer el amor… es que no tenemos tiempo. Y preferiría no presentarme en esa boda oliendo a sexo.

Cooper masculló un juramento.

–No era eso lo que quería decir, y lo sabes.

Ella suspiró. Había empezado a temblar por dentro y no podría mantener la compostura por mucho más tiempo.

–Creo que deberíamos irnos. Me tranquilizaré un poco cuando esté allí ya.

Coop se mesó el cabello. Su enojo desapareció tan rápido como había aparecido.

–Muy bien. Supongo que tienes razón.

Se sacó el teléfono móvil del bolsillo y miró la hora.

–La ceremonia es dentro de media hora. Josie me matará si llego tarde.

La ayudó a bajar los peldaños que llevaban a la playa. Pasaron por delante de la cabaña donde habían pasado aquella primera noche y caminaron a lo largo de la orilla hasta el Rum Runner. Coop la tomó de la mano.

De las palmeras colgaban lucecitas de colores y en la distancia se oía la música y las risas de los invitados. Ella sintió que el corazón se le llenaba de alegría.

–He temido esta maldita boda desde que Josie me dio la noticia hace cuatro meses –murmuró Coop.

–¿Por qué?

–Primero pensé que era porque no es más que

una niña –le dijo él, manteniendo la vista al frente–. Pero ahora creo que es la idea de pasar el resto de la vida con alguien. Me asustaba. ¿Por qué querría alguien hacer eso?

Ella siguió la dirección de su mirada y vio a la preciosa joven con la que se había encontrado en la cabaña aquella mañana. Estaba en medio de la multitud. Su espléndida figura se dibujaba a la perfección bajo un vestido corto de satén color marfil.

–¿Porque se quieren? ¿Porque quieren estar juntos? –las palabras salieron de la boca de Ella sin control–. No es difícil prometerle amor a alguien si ese amor es correspondido.

–¿Realmente crees eso? –Coop la miró a los ojos–. ¿Después de lo que te hizo ese tal Randall?

Ella se encogió por dentro. El cinismo que tenía su voz era como un puñetazo en la cara.

–Vamos –él le apretó la mano y echó a andar–. Terminemos con esto de una vez y vayámonos a casa a hacer cosas más interesantes.

A medida que se acercaban a la fiesta el rojo resplandor del atardecer y las luces de las palmeras comenzaron a perder todo el encanto para Ella.

–¿Entonces volvió?

Coop levantó la vista del plato que había llenado con el famoso curry de Henry. Josie le miraba con una sonrisa radiante.

–Oye, chica, enhorabuena –le dio un abrazo.

La joven se rio y le dio un beso en la mejilla.

–Estás increíble.

Josie dio una vuelta sobre sí misma.

–¿Ya soy lo suficientemente mayor para casarme?

–De acuerdo. Ahí me has pillado.

La ceremonia había tenido lugar varias horas antes. Verla junto a Taylor, en el altar, no había sido tan malo como pensaba. De hecho, había sido conmovedor. Ella no le había soltado la mano ni un momento, impidiendo así que le temblaran los dedos.

–Bueno, ¿dónde está *mister* Josie? –le preguntó a la joven, intentando reprimir las ganas que tenía de volver junto a Ella.

La había dejado con Sonny y con Rhona veinte minutos antes. Estaba más apagado de lo normal esa noche, pero seguramente era por el cansancio. La noche anterior apenas había podido dormir. El bebé se había movido mucho.

–Taylor está con sus amigos, alardeando del pez espada que pescó la semana pasada.

–Ya parecéis una pareja de viejos que llevan cuarenta años casados.

–Esa es la idea –Josie sonrió–. Hablando de parejas… ¿Por qué no le dijiste a nadie que Ella estaba aquí de visita? –le preguntó, borrándole la sonrisa de la cara.

La pregunta directa le tomó por sorpresa.

–A lo mejor no quería que nadie nos molestara –le dijo, intentando imprimir algo de humor a las palabras, pero sin mucho éxito.

Josie le tocó el brazo.

—¿El bebé es tuyo, Coop?

Coop dejó el plato sobre la mesa y la agarró del antebrazo, apartándola del grupo que tenían detrás.

—¿Cómo sabes eso? —susurró con brusquedad.

—Porque es evidente, sobre todo teniendo en cuenta lo delgada que estaba hace cuatro meses.

Coop se pasó una mano por el cabello.

—Dime que no le has dicho nada a Ella.

—Claro que no. No es algo que puedas sacar a relucir en medio de una conversación con alguien a quien solo has visto dos veces —Josie se soltó—. Pero, Coop, ¿por qué no dijiste nada si el bebé es tuyo? ¿Por qué lo mantienes en secreto? ¿Y por qué no dijiste que Ella estaba aquí?

—Porque… Es complicado.

—¿Por qué es complicado?

—Porque ella vive en Londres —le dijo, recitando las explicaciones que se había dado a sí mismo durante semanas—. Solo va a estar aquí un par de semanas y todo fue un accidente. Apenas nos conocemos. Va a tener el bebé… —hizo una pausa— porque los dos queremos tenerlo.

De alguna forma, lo que acababa de admitir no era ninguna sorpresa. Recordaba la emoción que había sentido al sentir esos movimientos contra la palma de la mano la noche antes. Había sentido lo mismo cinco días antes al ver esa pequeña silueta en la pantalla durante la ecografía.

—Estamos intentando resolver las cosas —añadió

al ver la cara de Josie–. Y no necesitamos que nadie se meta en nuestros asuntos.

–Muy bien, lo entiendo –Josie asintió, sorprendiéndole–. Pero todavía sigo sin ver por qué es tan complicado todo, si los dos queréis tener el bebé.

–¡Coop!

Ambos se volvieron hacia Rhona, la madre de Josie.

–Hola, mamá.

–Coop, cariño, pensé que debía decirte que Ella se fue a casa.

–¿Qué? ¿Por qué? ¿Se encuentra bien?

–Creo que está cansada –Rhona le dedicó una mirada que no auguraba nada bueno–. Oye, no me lo tomes a mal, cielo, pero… ¿Esa chica está embarazada?

–Tengo que irme, Rhona –dijo, ignorando la carcajada de Josie.

Se despidió de las dos a toda prisa y echó a correr por la orilla.

Tenía que llegar a casa y decirle a Ella que no tenía por qué irse a casa, que quería que se quedara, por el bien del bebé.

Mientras subía los peldaños, vio que había luz en el dormitorio. Aún estaba despierta. Le hablaría de sus planes y después podrían terminar lo que habían empezado antes de la boda.

–Hola, Ella –gritó, subiendo las escaleras–. Te estás perdiendo los fuegos artificiales. ¿Qué tal si los vemos desde la terraza? Tengo algo que… ¿Pero qué haces?

***

Ella se dio la vuelta al oír la voz de Coop. El corazón se le salía del pecho. Metió la ropa en la maleta y cerró la tapa.

–Estoy recogiendo mis cosas. He reservado para el vuelo nocturno que sale hacia Londres a las once.

–¿Pero qué…? –Coop cerró la puerta tras de sí–. ¿Cuándo me lo ibas a decir? ¿O es que no tenías pensado decirme nada?

Ella se puso tensa, sorprendida ante la acusación.

–No. Claro que no. Pensaba decírtelo cuando regresaras. Es solo que… –se mordió el labio, decidida a no sucumbir a la presión de su propia inseguridad–. Creo que necesitamos algo de espacio. Hay algo que tengo que decirte…

–Sí, bueno, yo también tengo algo que decirte. Quiero que te quedes, que te vengas a vivir conmigo.

–¿Qué? –Ella se sentó en el borde de la cama.

La propuesta era de lo más inesperada y no podía evitar sentir una extraña mezcla de esperanza y sorpresa.

–¿Quieres que me quede? ¿En serio?

Él la agarró del brazo. La hizo acercarse.

–Claro. Vas a tener a mi hijo –le dijo–. No quiero estar a miles de kilómetros.

–Pero eso es… ¿Solo quieres que me quede por el bebé?

–Sí. Claro. ¿Qué más podría ser?

Ella se apartó de sus brazos. Contempló esos ojos color jade que había llegado a amar.

–No puedo quedarme, Coop. No es…

–¿Por qué no? ¿Es por tu negocio? Eso lo entiendo… –la agarró de la cintura–. Podemos resolver la logística. Yo tengo que estar en Las Bermudas para la temporada de verano, pero el resto del tiempo puedo estar en Londres. Tengo dinero. Podemos hacer lo que queramos.

–No es eso… –Ella le puso una mano sobre la mejilla. Era un hombre generoso. Quería hacer lo mejor para su hijo, pero eso no era suficiente.

–¿Entonces qué es?

–No se trata del bebé. Se trata de mí y de ti.

–¿Qué?

Ella tragó con dificultad.

–Creo que me estoy enamorando de ti.

Coop dejó escapar el aliento. Se echó a reír.

–Vaya, ¿eso es todo?

Ella dio un paso atrás.

–No tiene gracia. Hablo muy en serio.

Él se encogió de hombros y esbozó una sonrisa.

–Lo sé. ¿Y qué? Eso es bueno, ¿no? Si me quieres, tienes que quedarte, ¿no?

–No si no sé lo que sientes por mí.

–No seas tonta. Lo que siento por ti es evidente. Me gusta tenerte cerca –la agarró de la cintura y la tomó en brazos–. Te he invitado a quedarte, ¿no? Al menos hasta que nazca el niño.

Ella apoyó las manos sobre su pecho.

–Pero eso no es suficiente.

–¿Por qué no?

–Porque necesito más. Me estás pidiendo que haga un cambio muy grande en mi vida, que me venga a vivir aquí, a miles de kilómetros de todo lo que conozco por algo que parece... puro capricho.

Ella sintió un nudo de emociones al ver la expresión de absoluta confusión de Coop.

–¿Quieres que te diga que te quiero? ¿Es eso?

El tono afilado de sus palabras la hizo sentir el picor de las lágrimas.

–Si necesitas que diga esas palabras, lo haré.

–No se trata de palabras. Se trata de emociones. Se trata de que seas sincero conmigo respecto a lo que sientes.

Coop miró a Ella a los ojos. Vio el brillo de las lágrimas en su mirada.

–No sabes lo que me estás pidiendo. No se me dan bien esas cosas.

–Lo sé, Coop –Ella suspiró. Parecía cansada, desesperada–. Pero tienes que entenderlo. No puedo venir a vivir contigo aquí, criar a un niño y vivir en una especie de limbo extraño en el que tú llevas la voz cantante porque... no se te dan bien esas cosas –se puso en pie–. Tengo que llamar al taxi.

Se volvió para recoger la maleta, pero él se le adelantó.

–No hace falta. No te vas a ir esta noche.

Ella parpadeó para que las lágrimas no cayeran sin control.

–Sí me voy.

–No te vayas. No es que no quiera hablar de ello. Es que no puedo.

–¿Por qué no?

–Porque lo estropearía todo, porque diré algo que no debo decir, o lo diré mal. Solo son palabras. No significan nada. Lo que importa es lo que hagamos, no lo que nos decimos el uno al otro.

Ella asintió. Había preocupación en su mirada. Era como si pudiera ver al niño asustado que se escondía detrás de ese escudo de encanto personal y confianza en sí mismo.

–Coop, ¿qué te hizo pensar que hay una respuesta correcta y otra incorrecta?

Le puso una mano en la mejilla, pero él retrocedió. No quería volver a esos lugares oscuros de su infancia. No quería volver a sentir todo ese pánico.

–Dices eso, pero sí hay una respuesta correcta. Si no la hubiera, yo no le hubiera dado la incorrecta. Le dije que la quería, que podía cuidar de ella, pero no sirvió para nada.

Ella le observó con atención.

–¿De quién me estás hablando, Coop?

Coop bajó la cabeza. El corazón le golpeaba las costillas.

–De mi madre.

Ella le miró fijamente durante unos segundos, incapaz de hablar.

–Tuvo una aventura con mi padre. Él le dijo lo

típico, que iba a dejar a su mujer. Se quedó embarazada de mí antes de darse cuenta de que le estaba mintiendo. No tenía ningún interés en mí, pero siguió acostándose con mi madre de vez en cuando, así que llegó a creerse que estaba enamorado de ella.

»La cosa es que ella era tan frágil… Quería algo que no podía tener y pasó por momentos muy oscuros porque no podía lidiar con ello. Al principio, cuando yo era pequeño, había algunos días en los que ni siquiera se levantaba de la cama. Se pasaba todo el día llorando y abrazándome. A medida que fui creciendo las cosas no hicieron más que empeorar. Al final no era capaz de mantener ningún trabajo. Yo intenté ayudarla. En cuanto tuve edad suficiente, busqué un trabajo. Pensé que si podía ganar suficiente dinero… Pero no pude. Hiciera lo que hiciera, o dijera lo que dijera, nunca era lo correcto.

—Coop —murmuró Ella—. Parece que tu madre tuvo una depresión terrible. El dinero no puede curar eso.

—Lo sé, pero… Una noche llegué a casa del trabajo y me la encontré en el cuarto de baño. Se había tomado un montón de pastillas de las que tomaba para dormir. Llamé a una ambulancia, pero no pudieron hacer nada por ella.

Ella tenía los ojos llenos de lágrimas.

—Siento mucho que la hayas encontrado así. Pero tienes que entender que no fue culpa tuya. Nada hubiera servido en esas circunstancias.

–Oye, no llores –Coop le secó las lágrimas con los dedos–. Y supongo que tienes razón. Pero no es esa la razón por la que no quería hablarte de ella.

Ella se tragó las lágrimas.

–¿Entonces por qué?

–No quería que supieras que soy un cobarde.

–¿Un cobarde? ¿Cómo puedes decir eso si hiciste todo lo que podías por ella?

–A lo mejor sí, pero no hablo de ella. Hablo de nosotros –esbozó una amarga sonrisa–. La cosa es que aunque quería mucho a mi madre y lo pasé muy mal cuando murió… ¿Sabes qué fue lo que realmente sentí cuando estaba frente a su tumba?

Ella negó con la cabeza, sin entender lo que quería decirle.

–Alivio. Sentí alivio porque ya no tenía que responsabilizarme de ella –Coop le limpió las lágrimas–. Durante años, después de su muerte, tuve una pesadilla una y otra vez. Me veía junto a su tumba, y de repente ella sacaba la mano y tiraba de mí, llevándome con ella. Así me sentí durante toda mi infancia, atrapado en un hueco oscuro del que no podía salir, así que escapé, corrí y, una vez llegué aquí, me dediqué a hacer dinero hasta que las pesadillas desaparecieron. Pero no me había dado cuenta hasta ahora de que nunca he dejado de huir –apoyó una mano sobre el vientre de Ella–. Siento mucho no haberle dicho a nadie lo del bebé. Siento que no se me dé bien todo esto. Pero si me das otra oportunidad, intentaré no volver a comportarme como un cobarde, porque ya no quiero seguir huyendo.

Ella le miró fijamente, con el corazón henchido de alegría.

–Creo que los dos tenemos que dejar de ser cobardes. Yo debería haberte dicho desde el principio que mis sentimientos estaban cambiando, que quería más.

Coop le sujetó las mejillas.

–Solo tenías miedo. Créeme. Eso lo entiendo, siempre y cuando ya no vuelvas a tenerlo.

Ella asintió con la cabeza. La emoción le arrebataba las palabras.

–Muy bien –Coop la agarró de la cintura.

Ella enredó las manos en su cabello, tiró de él y le dio un beso lleno de todas esas cosas que se había guardado durante tanto tiempo.

–¿Entonces vas a cancelar el vuelo? Sé que tienes que volver a casa pronto, pero cuando lo hagas me gustaría ir contigo, hasta que averigüemos cómo vamos a resolver todo esto. No soy bueno haciendo promesas, pero sé que quiero estar contigo, no solo por el bebé, sino porque… –Coop bajó la cabeza y murmuró algo–. Vaya. Estoy seguro de que yo también me estoy enamorando de ti.

Ella se rio.

–Muy bien. Pero solo con una condición… Me quedo si consigo verte con esa expresión de haber hecho el amor que tanto me gusta.

Coop se rio, recordando sus propias palabras.

–Sí, señor. Definitivamente no te andas con chiquitas.

Capítulo Doce

–El agua está tan caliente que es increíble –dijo Ruby, tomando una toalla para secarse.

Ella se tapó los ojos con la mano para protegerse del sol y le sonrió a su amiga desde la tumbona.

–Lo sé, pero deberíamos llamar a los chicos o los vamos a tener de mal humor luego.

Ruby se volvió hacia el mar.

–Sí, pero van a dormir como lirones en cuanto sus padres les acuesten.

Ella se rio y siguió la mirada de Ruby. Cooper y Callum jugaban en la orilla con los niños. Cal corrió hacia delante con el pequeño Arturo colgado de la espalda. Ally, mientras tanto, daba instrucciones. Su hermano pequeño, Max, parecía ser el compinche de Cooper, que a su vez tenía al pequeño Jem, de dos años de edad, sujeto de la cadera. Jem se echó a reír cuando su padre lanzó una ráfaga de agua a los contrincantes, empapándolos

La escena era de lo más cómica. Max hacía el baile de la victoria.

Ruby y su familia estaban de visita en Las Bermudas y Ella estaba encantada, sobre todo porque Cooper y ella habían tomado la decisión de vender el piso que había comprado en Camden justo antes de que naciera Jem. Esa etapa había llegado a su fin y sabía que iba a echar mucho de menos a su amiga, pero el niño ya estaba creciendo y tener dos hogares, uno a cada lado del océano Atlántico, era confuso para él.

—¿Saben los papás que hoy les toca llevarles a la cama? —preguntó Ella.

Ruby se acostó en la siguiente tumbona.

—No van a tener elección cuando les diga que tú y yo vamos a estar muy ocupadas con la nueva pastelería que vamos a abrir en Hamilton.

—Pero creía que ya lo habíamos solucionado todo ayer.

—Sí, pero eso ellos no lo saben, ¿no?

Ella se rio.

—Ruby, qué mala eres.

—Lo intento —tomó la mano de Ella—. Bueno, te veo tan animada que imagino que tienes buenas noticias del especialista, ¿no?

Ella se aferró a los dedos de su amiga y dejó que el momento de melancolía pasara antes de contestarle a su amiga. Coop y ella llevaban más de un año intentando tener otro niño.

—Bueno, no fueron las noticias que esperábamos.

Ruby se incorporó. La sonrisa se le borró del rostro.

—Ella, lo siento mucho. No debería haber sacado el tema. Simplemente pensé...

—No. No tiene importancia. En serio, no pasa nada. Ya era esperar demasiado —miró al frente y contempló a las dos personas que más quería en el mundo–. Sería muy egoísta si esperara otro milagro en mi vida –hizo una pausa– después de los dos milagros que he tenido.

–Aun así, es una pena que te sea tan difícil tener más niños si sois unos padres tan buenos.

–Lo sé. Por eso estamos pensando en ser padres de acogida.

–¿Ah, sí? Eso suena muy bien.

–Eso pensamos nosotros. La idea nos gusta. Cooper da clases gratis de buceo para chicos con problemas en casa. Bueno, uno de los trabajadores sociales que acompaña a los niños se lo sugirió, porque ha visto que tiene muy buena mano con ellos, y así ha empezado todo. Hay un montón de papeleo que hacer y tenemos que hacer…

De pronto se oyó el llanto de un niño. Ella se levantó. Su esposo caminaba hacia ella por la arena, con Jem colgado del cuello. Tenía la cabeza empapada de agua.

–Oh, cariño, ¿qué ha pasado?

–Tuvimos que retirarnos –dijo Coop, mirando a Ruby–. Gracias a un ataque sorpresa de Super-Splash-Girl.

–Debería haberte advertido –Ruby sonrió y le dio una toalla para que secara al niño–. Ally juega duro y siempre juega para ganar. Me temo que es el resultado de tener dos hermanos.

–Quiero helado, papá –dijo Jem, lloriqueando.

–Muy bien, chico –Cooper le devolvió la toalla a Ruby–. Creo que te lo has ganado –le dio una palmadita en la espalda al pequeño–. Y también tengo que darte una buena charla sobre mujeres y sus tretas.

Ruby se echó a reír.

–Buena suerte con eso.

–¿Quieres que le lleve? –preguntó Ella.

–No. Está bien. A ver si Inez le da un helado de fresa. Luego le llevaré a echarse la siesta –le dio un beso en los labios a su esposa–. Quizás luego podamos echarnos una siesta nosotros.

–De acuerdo, siempre y cuando no me des una charla sobre las mujeres y sus tretas.

–Eso está hecho –Coop le guiñó un ojo–. Tengo otra charla preparada para ti.

Se despidió de Ruby y subió los peldaños que llevaban a la puerta de la casa.

Ella se quedó mirándole unos segundos y dejó escapar un suspiro de felicidad. Cooper Delaney no era de los que hablaban mucho de sentimientos, pero cuando se trataba de charlas en la cama no le faltaba entusiasmo y energía, ni tampoco habilidad.

VOLVERÉ A ENAMORARTE

MAUREEN CHILD

Después de dos largos años, Sam Wyatt volvió a casa. Tenía grandes planes para la estación de esquí de su familia, pero antes debía enfrentarse a todos a los que había dejado atrás, incluida su exmujer, a la que siempre había tenido presente.

Lacy acababa de recuperarse del abandono de Sam y, de repente, este se convirtió en su jefe. Le era imposible trabajar con él y no volver a enamorarse, pero cuando descubrió los verdaderos motivos por los que Sam la seducía supo que no podría perdonarlo… ni siquiera con un inesperado embarazo de por medio.

Nunca la había olvidado

¡YA EN TU PUNTO DE VENTA!

Acepte 2 de nuestras mejores novelas de amor GRATIS

¡Y reciba un regalo sorpresa!

Oferta especial de tiempo limitado

Rellene el cupón y envíelo a

Harlequin Reader Service®
3010 Walden Ave.
P.O. Box 1867
Buffalo, N.Y. 14240-1867

¡Sí! Por favor, envíenme 2 novelas de amor de Harlequin (1 Bianca® y 1 Deseo®) gratis, más el regalo sorpresa. Luego remítanme 4 novelas nuevas todos los meses, las cuales recibiré mucho antes de que aparezcan en librerías, y factúrenme al bajo precio de $3,24 cada una, más $0,25 por envío e impuesto de ventas, si corresponde*. Este es el precio total, y es un ahorro de casi el 20% sobre el precio de portada. ¡Una oferta excelente! Entiendo que el hecho de aceptar estos libros y el regalo no me obliga en forma alguna a la compra de libros adicionales. Y también que puedo devolver cualquier envío y cancelar en cualquier momento. Aún si decido no comprar ningún otro libro de Harlequin, los 2 libros gratis y el regalo sorpresa son míos para siempre.

416 LBN DU7N

Nombre y apellido	(Por favor, letra de molde)

Dirección	Apartamento No.

Ciudad	Estado	Zona postal

Esta oferta se limita a un pedido por hogar y no está disponible para los subscriptores actuales de Deseo® y Bianca®.
*Los términos y precios quedan sujetos a cambios sin aviso previo.
Impuestos de ventas aplican en N.Y.

SPN-03   ©2003 Harlequin Enterprises Limited